GRöLS Verlage

„BÜCHER SIND WIE FALLSCHIRME. SIE NÜTZEN UNS NICHTS, WENN WIR SIE NICHT ÖFFNEN."

Gröls Verlag

Redaktionelle Hinweise und Impressum

Das vorliegende Werk wurde zugunsten der Authentizität sehr zurückhaltend bearbeitet. So wurden etwa ursprüngliche Rechtschreibfehler *nicht* systematisch behoben, denn kleine Unvollkommenheiten machen das Buch – wie im Übrigen den Menschen – erst authentisch. Mitunter wurden jedoch zum Beispiel Absätze behutsam neu getrennt, um den Lesefluss zu erleichtern.

Um die Texte zu rekonstruieren, werden antiquarische Bücher von Lesegeräten gescannt und dann durch eine Software lesbar gemacht. Der so entstandene Text wird von Menschen gegengelesen und korrigiert – hierbei treten auch Fehler auf. Wenn Sie ebenfalls antiquarische Texte einreichen möchten, finden Sie weitere Informationen auf www.groels.de

Viel Freude bei der Lektüre wünscht Ihnen das Team des Gröls-Verlags.

Adressen

Verleger: Sophia Gröls, Im Borngrund 26, 61440 Oberursel

Externer Dienstleister für Distribution & Herstellung: BoD, In de Tarpen 42, 22848 Norderstedt

Unsere „Edition | Werke der Weltliteratur“ hat den Anspruch, eine der größten und vollständigsten Sammlungen klassischer Literatur in deutscher Sprache zu sein. Nach und nach versammeln wir hier nicht nur die „üblichen Verdächtigen“ von Goethe bis Schiller, sondern auch Kleinode der vergangenen Jahrhunderte, die – zu Unrecht – drohen, in Vergessenheit zu geraten. Wir kultivieren und kuratieren damit einen der wertvollsten Bereiche der abendländischen Kultur. Kleine Auswahl:

Francis Bacon • Neues Organon • **Balzac** • Glanz und Elend der Kurtisanen • **Joachim H. Campe** • Robinson der Jüngere • **Dante Alighieri** • Die Göttliche Komödie • **Daniel Defoe** • Robinson Crusoe • **Charles Dickens** • Oliver Twist • **Denis Diderot** • Jacques der Fatalist • **Fjodor Dostojewski** • Schuld und Sühne • **Arthur Conan Doyle** • Der Hund von Baskerville • **Marie von Ebner-Eschenbach** • Das Gemeindekind • **Elisabeth von Österreich** • Das Poetische Tagebuch • **Friedrich Engels** • Die Lage der arbeitenden Klasse • **Ludwig Feuerbach** • Das Wesen des Christentums • **Johann G. Fichte** • Reden an die deutsche Nation • **Fitzgerald** • Zärtlich ist die Nacht • **Flaubert** • Madame Bovary • **Gorch Fock** • Seefahrt ist not! • **Theodor Fontane** • Effi Briest • **Robert Musil** • Über die Dummheit • **Edgar Wallace** • Der Frosch mit der Maske • **Jakob Wassermann** • Der Fall Maurizius • **Oscar Wilde** • Das Bildnis des Dorian Grey • **Émile Zola** • Germinal • **Stefan Zweig** • Schachnovelle • **Hugo von Hofmannsthal** • Der Tor und der Tod • **Anton Tschechow** • Ein Heiratsantrag • **Arthur Schnitzler** • Reigen • **Friedrich Schiller** • Kabale und Liebe • **Nicolo Machiavelli** • Der Fürst • **Gotthold E. Lessing** • Nathan der Weise • **Augustinus** • Die Bekenntnisse des heiligen Augustinus • **Marcus Aurelius** • Selbstbetrachtungen • **Charles Baudelaire** • Die Blumen des Bösen • **Harriett Stowe** • Onkel Toms Hütte • **Walter Benjamin** • Deutsche Menschen • **Hugo Bettauer** • Die Stadt ohne Juden • **Lewis Caroll** • *und viele mehr….*

Friedrich Wilhelm Nietzsche

Zur Genealogie der Moral

Inhalt

Erste Abhandlung: „Gut und Böse", „Gut und Schlecht"

1.

– Diese englischen Psychologen, denen man bisher auch die einzigen Versuche zu danken hat, es zu einer Entstehungsgeschichte der Moral zu bringen, – sie geben uns mit sich selbst kein kleines Räthsel auf; sie haben sogar, dass ich es gestehe, eben damit, als leibhaftige Räthsel, etwas Wesentliches vor ihren Büchern voraus – *sie selbst sind interessant*! Diese englischen Psychologen – was wollen sie eigentlich? Man findet sie, sei es nun freiwillig oder unfreiwillig, immer am gleichen Werke, nämlich die partie honteuse unsrer inneren Welt in den Vordergrund zu drängen und gerade dort das eigentlich Wirksame, Leitende, für die Entwicklung Entscheidende zu suchen, wo der intellektuelle Stolz des Menschen es am letzten zu finden *wünschte* (zum Beispiel in der vis inertiae der Gewohnheit oder in der Vergesslichkeit oder in einer blinden und zufälligen Ideen-Verhäkelung und -Mechanik oder in irgend etwas Rein-Passivem, Automatischem, Reflexmässigem, Molekularem und Gründlich-Stupidem) – was treibt diese Psychologen eigentlich immer gerade in *diese* Richtung? Ist es ein heimlicher, hämischer, gemeiner, seiner selbst vielleicht uneingeständlicher Instinkt der Verkleinerung des Menschen? Oder etwa ein pessimistischer Argwohn, das Misstrauen von enttäuschten, verdüsterten, giftig und grün gewordenen Idealisten? Oder eine kleine unterirdische Feindschaft und Rancune gegen das Christenthum (und Plato), die vielleicht nicht einmal über die Schwelle des Bewusstseins gelangt ist? Oder gar ein lüsterner Geschmack am Befremdlichen, am Schmerzhaft-Paradoxen, am Fragwürdigen und Unsinnigen des Daseins? Oder endlich – von Allem Etwas, ein wenig Gemeinheit, ein wenig Verdüsterung, ein wenig Antichristlichkeit, ein wenig Kitzel und Bedürfniss nach Pfeffer?... Aber man sagt mir, dass es einfach alte, kalte, langweilige Frösche seien, die am Menschen herum, in den Menschen hinein kriechen und hüpfen, wie als ob sie da so recht in ihrem Elemente wären, nämlich in einem *Sumpfe*. Ich höre das mit Widerstand, mehr noch, ich glaube nicht daran; und wenn man wünschen darf, wo man nicht wissen kann, so wünsche ich von Herzen, dass es umgekehrt mit ihnen stehen möge, – dass diese Forscher und Mikroskopiker der Seele im Grunde tapfere, grossmüthige und stolze Thiere seien, welche ihr Herz wie ihren Schmerz im Zaum zu halten wissen und sich dazu erzogen haben, der Wahrheit alle Wünschbarkeit zu opfern, *jeder* Wahrheit, sogar der schlichten, herben, hässlichen, widrigen, unchristlichen, unmoralischen Wahrheit... Denn es giebt solche Wahrheiten. –

2.

Alle Achtung also vor den guten Geistern, die in diesen Historikern der Moral walten mögen! Aber gewiss ist leider, dass ihnen der *historische Geist* selber abgeht, dass sie gerade von allen guten Geistern der Historie selbst in Stich gelassen worden sind! Sie denken allesammt, wie es nun einmal alter Philosophen-Brauch ist, *wesentlich* unhistorisch; daran ist kein Zweifel. Die Stümperei ihrer Moral-Genealogie kommt gleich am Anfang zu Tage, da, wo es sich darum handelt, die Herkunft des Begriffs und Urtheils „gut" zu ermitteln. „Man hat ursprünglich – so dekretieren sie – unegoistische Handlungen von Seiten Derer gelobt und gut genannt, denen sie erwiesen wurden, also denen sie *nützlich* waren; später hat man diesen Ursprung des Lobes *vergessen* und die unegoistischen Handlungen einfach, weil sie *gewohnheitsmässig* immer als gut gelobt wurden, auch als gut empfunden – wie als ob sie an sich etwas Gutes wären." Man sieht sofort: diese erste Ableitung enthält bereits alle typischen Züge der englischen Psychologen-Idiosynkrasie, – wir haben „die Nützlichkeit", „das Vergessen", „die Gewohnheit" und am Schluss „den Irrthum", Alles als Unterlage einer Werthschätzung, auf welche der höhere Mensch bisher wie auf eine Art Vorrecht des Menschen überhaupt stolz gewesen ist. Dieser Stolz *soll* gedemüthigt, diese Werthschätzung entwerthet werden: ist das erreicht?... Nun liegt für mich erstens auf der Hand, dass von dieser Theorie der eigentliche Entstehungsheerd des Begriffs „gut" an falscher Stelle gesucht und angesetzt wird: das Urtheil „gut" rührt *nicht* von Denen her, welchen „Güte" erwiesen wird! Vielmehr sind es „die Guten" selber gewesen, das heisst die Vornehmen, Mächtigen, Höhergestellten und Hochgesinnten, welche sich selbst und ihr Thun als gut, nämlich als ersten Ranges empfanden und ansetzten, im Gegensatz zu allem Niedrigen, Niedrig-Gesinnten, Gemeinen und Pöbelhaften. Aus diesem *Pathos der Distanz* heraus haben sie sich das Recht, Werthe zu schaffen, Namen der Werthe auszuprägen, erst genommen: was gieng sie die Nützlichkeit an! Der Gesichtspunkt der Nützlichkeit ist gerade in Bezug auf ein solches heisses Herausquellen oberster rang-ordnender, rang-abhebender Werthurtheile so fremd und unangemessen wie möglich: hier ist eben das Gefühl bei einem Gegensatze jenes niedrigen Wärmegrades angelangt, den jede berechnende Klugheit, jeder Nützlichkeits-Calcul voraussetzt, – und nicht für einmal, nicht für eine Stunde der Ausnahme, sondern für die Dauer. Das Pathos der Vornehmheit und Distanz, wie gesagt, das dauernde und dominirende Gesammt- und Grundgefühl einer höheren herrschenden Art im Verhältniss zu einer niederen Art, zu einem „Unten“ – *das* ist der Ursprung des Gegensatzes „gut“ und „schlecht“. (Das Herrenrecht, Namen zu geben, geht so weit, dass man sich erlauben sollte, den Ursprung der Sprache selbst als Machtäusserung der Herrschenden zu fassen: sie sagen „das *ist* das und das“, sie siegeln jegliches Ding und Geschehen mit einem Laute ab und nehmen es dadurch gleichsam in Besitz.) Es liegt an diesem Ursprunge, dass das Wort „gut“ sich von vornherein durchaus *nicht* nothwendig an „unegoistische“ Handlungen anknüpft: wie es der Aberglaube jener Moralgenealogen ist. Vielmehr geschieht es erst bei einem *Niedergange* aristokratischer Werthurtheile, dass sich dieser ganze Gegensatz „egoistisch“ „unegoistisch“ dem menschlichen Gewissen mehr und mehr aufdrängt, – es ist, um mich meiner Sprache zu bedienen, *der Heerdeninstinkt*, der mit ihm endlich zu Worte (auch zu *Worten*) kommt. Und auch dann dauert es noch lange, bis dieser Instinkt in dem Maasse Herr wird, dass die moralische Werthschätzung bei jenem Gegensatze geradezu hängen und stecken bleibt (wie dies zum Beispiel im gegenwärtigen Europa der Fall ist: heute herrscht das Vorurtheil, welches „moralisch“, „unegoistisch“, „désintéressé“ als gleichwerthige Begriffe nimmt, bereits mit der Gewalt einer „fixen Idee“ und Kopfkrankheit).

3.

Zweitens aber: ganz abgesehen von der historischen Unhaltbarkeit jener Hypothese über die Herkunft des Werthurtheils „gut“, krankt sie an einem psychologischen Widersinn in sich selbst. Die Nützlichkeit der unegoistischen Handlung soll der Ursprung ihres Lobes sein, und dieser Ursprung soll *vergessen* worden sein: – wie ist dies Vergessen auch nur *möglich*? Hat vielleicht die Nützlichkeit solcher Handlungen irgend wann einmal aufgehört? Das Gegentheil ist der Fall: diese Nützlichkeit ist vielmehr die Alltagserfahrung zu allen Zeiten gewesen, Etwas also, das fortwährend immer neu unterstrichen wurde; folglich, statt aus dem Bewusstsein zu verschwinden, statt vergessbar zu werden, sich dem Bewusstsein mit immer grösserer Deutlichkeit eindrücken musste. Um wie viel vernünftiger ist jene entgegengesetzte Theorie (sie ist deshalb nicht wahrer –), welche zum Beispiel von Herbert Spencer vertreten wird: der den Begriff „gut“ als wesensgleich mit dem Begriff „nützlich“, „zweckmässig“ ansetzt, so dass in den Urtheilen „gut“ und „schlecht“ die Menschheit gerade ihre *unvergessnen* und *unvergessbaren* Erfahrungen über nützlich-zweckmässig, über schädlich-unzweckmässig aufsummirt und sanktionirt habe. Gut ist, nach dieser Theorie, was sich von jeher als nützlich bewiesen hat: damit darf es als „werthvoll im höchsten Grade", als „werthvoll an sich" Geltung behaupten. Auch dieser Weg der Erklärung ist, wie gesagt, falsch, aber wenigstens ist die Erklärung selbst in sich vernünftig und psychologisch haltbar.

4.

– Den Fingerzeig zum *rechten* Wege gab mir die Frage, was eigentlich die von den verschiedenen Sprachen ausgeprägten Bezeichnungen des „Guten" in etymologischer Hinsicht zu bedeuten haben: da fand ich, dass sie allesammt auf die *gleiche Begriffs-Verwandlung* zurückleiten, – dass überall „vornehm", „edel" im ständischen Sinne der Grundbegriff ist, aus dem sich „gut" im Sinne von „seelisch-vornehm", „edel", von „seelisch-hochgeartet", „seelisch-privilegirt" mit Nothwendigkeit heraus entwickelt: eine Entwicklung, die immer parallel mit jener anderen läuft, welche „gemein", „pöbelhaft", „niedrig" schliesslich in den Begriff „schlecht" übergehen macht. Das beredteste Beispiel für das Letztere ist das deutsche Wort „schlecht" selber: als welches mit „schlicht" identisch ist – vergleiche „schlechtweg", „schlechterdings" – und ursprünglich den schlichten, den gemeinen Mann noch ohne einen verdächtigenden Seitenblick, einfach im Gegensatz zum Vornehmen bezeichnete. Um die Zeit des dreissigjährigen Kriegs ungefähr, also spät genug, verschiebt sich dieser Sinn in den jetzt gebräuchlichen. – Dies scheint mir in Betreff der Moral-Genealogie eine *wesentliche* Einsicht; dass sie so spät erst gefunden wird, liegt an dem hemmenden Einfluss, den das demokratische Vorurtheil innerhalb der modernen Welt in Hinsicht auf alle Fragen der Herkunft ausübt. Und dies bis in das anscheinend objektivste Gebiet der Naturwissenschaft und Physiologie hinein, wie hier nur angedeutet werden soll. Welchen Unfug aber dieses Vorurtheil, einmal bis zum Hass entzügelt, in Sonderheit für Moral und Historie anrichten kann, zeigt der berüchtigte Fall Buckle's; der *Plebejismus* des modernen Geistes, der englischer Abkunft ist, brach da einmal wieder auf seinem heimischen Boden heraus, heftig wie ein schlammichter Vulkan und mit jener versalzten, überlauten, gemeinen Beredtsamkeit, mit der bisher alle Vulkane geredet haben. –

5.

In Hinsicht auf *unser* Problem, das aus guten Gründen ein *stilles* Problem genannt werden kann und sich wählerisch nur an wenige Ohren wendet, ist es von keinem kleinen Interesse, festzustellen, dass vielfach noch in jenen Worten und Wurzeln, die „gut“ bezeichnen, die Hauptnuance durchschimmert, auf welche hin die Vornehmen sich eben als Menschen höheren Ranges fühlten. Zwar benennen sie sich vielleicht in den häufigsten Fällen einfach nach ihrer Überlegenheit an Macht (als „die Mächtigen“, „die Herren“, „die Gebietenden“) oder nach dem sichtbarsten Abzeichen dieser Überlegenheit, zum Beispiel als „die Reichen“, „die Besitzenden“ (das ist der Sinn von arya; und entsprechend im Eranischen und Slavischen). Aber auch nach einem *typischen Charakterzuge*: und dies ist der Fall, der uns hier angeht. Sie heissen sich zum Beispiel „die Wahrhaftigen“: voran der griechische Adel, dessen Mundstück der Megarische Dichter Theognis ist. Das dafür ausgeprägte Wort εσθλος bedeutet der Wurzel nach Einen, der *ist*, der Realität hat, der wirklich ist, der wahr ist; dann, mit einer subjektiven Wendung, den Wahren als den Wahrhaftigen: in dieser Phase der Begriffs-Verwandlung wird es zum Schlag- und Stichwort des Adels und geht ganz und gar in den Sinn „adelig“ über, zur Abgrenzung vom *lügenhaften* gemeinen Mann, so wie Theognis ihn nimmt und schildert, – bis endlich das Wort, nach dem Niedergange des Adels, zur Bezeichnung der seelischen noblesse übrig bleibt und gleichsam reif und süss wird. Im Worte κακος wie in δειλος (der Plebejer im Gegensatz zum υγαθος) ist die Feigheit unterstrichen: dies giebt vielleicht einen Wink, in welcher Richtung man die etymologische Herkunft des mehrfach deutbaren υγαθος> zu suchen hat. Im lateinischen malus (dem ich μηλας zur Seite stelle) könnte der gemeine Mann als der Dunkelfarbige, vor allem als der Schwarzhaarige („hic niger est –“) gekennzeichnet sein, als der vorarische Insasse des italischen Bodens, der sich von der herrschend gewordenen blonden, nämlich arischen Eroberer-Rasse durch die Farbe am deutlichsten abhob; wenigstens bot mir das Gälische den genau entsprechenden Fall, – fin (zum Beispiel im Namen Fin-Gal), das abzeichnende Wort des Adels, zuletzt der Gute, Edle, Reine, ursprünglich der Blondkopf, im Gegensatz zu den dunklen, schwarzhaarigen Ureinwohnern. Die Kelten, beiläufig gesagt, waren durchaus eine blonde Rasse; man thut Unrecht, wenn man jene Streifen einer wesentlich dunkelhaarigen Bevölkerung, die sich auf sorgfältigeren ethnographischen Karten Deutschlands bemerkbar machen, mit irgend welcher keltischen Herkunft und Blutmischung in Zusammenhang bringt, wie dies noch Virchow thut: vielmehr schlägt an diesen Stellen die *vorarische* Bevölkerung Deutschlands vor. (Das Gleiche gilt beinahe für ganz Europa: im Wesentlichen hat die unterworfene Rasse schliesslich daselbst wieder die Oberhand bekommen, in Farbe, Kürze des Schädels, vielleicht sogar in den intellektuellen und socialen Instinkten: wer steht uns dafür, ob nicht die moderne Demokratie, der noch modernere Anarchismus und namentlich jener Hang zur „Commune", zur primitivsten Gesellschafts-Form, der allen Socialisten Europa's jetzt gemeinsam ist, in der Hauptsache einen ungeheuren *Nachschlag* zu bedeuten hat – und dass die Eroberer- und *Herren-Rasse*, die der Arier, auch physiologisch im Unterliegen ist?...) Das lateinische bonus glaube ich als „den Krieger" auslegen zu dürfen: vorausgesetzt, dass ich mit Recht bonus auf ein älteres duonus zurückführe (vergleiche bellum = duellum = duen-lum, worin mir jenes duonus erhalten scheint). Bonus somit als Mann des Zwistes, der Entzweiung (duo), als Kriegsmann: man sieht, was im alten Rom an einem Manne seine „Güte" ausmachte. Unser deutsches „Gut" selbst: sollte es nicht „den Göttlichen", den Mann „göttlichen Geschlechts" bedeuten? Und mit dem Volks- (ursprünglich Adels-)Namen der Gothen identisch sein? Die Gründe zu dieser Vermuthung gehören nicht hierher. –

6.

Von dieser Regel, dass der politische Vorrangs-Begriff sich immer in einen seelischen Vorrangs-Begriff auslöst, macht es zunächst noch keine Ausnahme (obgleich es Anlass zu Ausnahmen giebt), wenn die höchste Kaste zugleich die *priesterliche* Kaste ist und folglich zu ihrer Gesammt-Bezeichnung ein Prädikat bevorzugt, das an ihre priesterliche Funktion erinnert. Da tritt zum Beispiel „rein" und „unrein" sich zum ersten Male als Ständeabzeichen gegenüber; und auch hier kommt später ein „gut" und ein „schlecht" in einem nicht mehr ständischen Sinne zur Entwicklung. Im Übrigen sei man davor gewarnt, diese Begriffe „rein" und „unrein" nicht von vornherein zu schwer, zu weit oder gar symbolisch zu nehmen: alle Begriffe der älteren Menschheit sind vielmehr anfänglich in einem uns kaum ausdenkbaren Maasse grob, plump, äusserlich, eng, geradezu und insbesondere *unsymbolisch* verstanden worden. Der „Reine" ist von Anfang an bloss ein Mensch, der sich wäscht, der sich gewisse Speisen verbietet, die Hautkrankheiten nach sich ziehen, der nicht mit den schmutzigen Weibern des niederen Volkes schläft, der einen Abscheu vor Blut hat, – nicht mehr, nicht viel mehr! Andrerseits erhellt es freilich aus der ganzen Art einer wesentlich priesterlichen Aristokratie, warum hier gerade frühzeitig sich die Werthungs-Gegensätze auf eine gefährliche Weise verinnerlichen und verschärfen konnten; und in der That sind durch sie schliesslich Klüfte zwischen Mensch und Mensch aufgerissen worden, über die selbst ein Achill der Freigeisterei nicht ohne Schauder hinwegsetzen wird. Es ist von Anfang an etwas *Ungesundes* in solchen priesterlichen Aristokratien und in den daselbst herrschenden, dem Handeln abgewendeten, theils brütenden, theils gefühls-explosiven Gewohnheiten, als deren Folge jene den Priestern aller Zeiten fast unvermeidlich anhaftende intestinale Krankhaftigkeit und Neurasthenie erscheint; was aber von ihnen selbst gegen diese ihre Krankhaftigkeit als Heilmittel erfunden worden ist, – muss man nicht sagen, dass es sich zuletzt in seinen Nachwirkungen noch hundert Mal gefährlicher erwiesen hat, als die Krankheit, von der es erlösen sollte? Die Menschheit selbst krankt noch an den Nachwirkungen dieser priesterlichen Kur-Naivetäten! Denken wir zum Beispiel an gewisse Diätformen (Vermeidung des Fleisches), an das Fasten, an die geschlechtliche Enthaltsamkeit, an die Flucht „in die Wüste" (Weir Mitchell'sche Isolirung, freilich ohne die darauf folgende Mastkur und Überernährung, in der das wirksamste Gegenmittel gegen alle Hysterie des asketischen Ideals besteht): hinzugerechnet die ganze sinnenfeindliche, faul- und raffinirtmachende Metaphysik der Priester, ihre Selbst-Hypnotisirung nach Art des Fakirs und Brahmanen – Brahman als gläserner Knopf und fixe Idee benutzt – und das schliessliche, nur zu begreifliche allgemeine Satthaben mit seiner Radikalkur, dem *Nichts* (oder Gott: – das Verlangen nach einer unio mystica mit Gott ist das Verlangen des Buddhisten in's Nichts, Nirvâna – und nicht mehr!) Bei den Priestern wird eben *Alles* gefährlicher, nicht nur Kurmittel und Heilkünste, sondern auch Hochmuth, Rache, Scharfsinn, Ausschweifung, Liebe, Herrschsucht, Tugend, Krankheit; – mit einiger Billigkeit liesse sich allerdings auch hinzufügen, dass erst auf dem Boden dieser *wesentlich gefährlichen* Daseinsform des Menschen, der priesterlichen, der Mensch überhaupt *ein interessantes Thier* geworden ist, dass erst hier die menschliche Seele in einem höheren Sinne *Tiefe* bekommen hat und *böse* geworden ist – und das sind ja die beiden Grundformen der bisherigen Überlegenheit des Menschen über sonstiges Gethier!..

7.

– Man wird bereits errathen haben, wie leicht sich die priesterliche Werthungs-Weise von der ritterlich-aristokratischen abzweigen und dann zu deren Gegensatze fortentwickeln kann; wozu es in Sonderheit jedes Mal einen

Anstoss giebt, wenn die Priesterkaste und die Kriegerkaste einander eifersüchtig entgegentreten und über den Preis mit einander nicht einig werden wollen. Die ritterlich-aristokratischen Werthurtheile haben zu ihrer Voraussetzung eine mächtige Leiblichkeit, eine blühende, reiche, selbst überschäumende Gesundheit, sammt dem, was deren Erhaltung bedingt, Krieg, Abenteuer, Jagd, Tanz, Kampfspiele und Alles überhaupt, was starkes, freies, frohgemuthes Handeln in sich schliesst. Die priesterlich-vornehme Werthungs-Weise hat – wir sahen es – andere Voraussetzungen: schlimm genug für sie, wenn es sich um Krieg handelt! Die Priester sind, wie bekannt, die *bösesten Feinde* – weshalb doch? Weil sie die ohnmächtigsten sind. Aus der Ohnmacht wächst bei ihnen der Hass in's Ungeheure und Unheimliche, in's Geistigste und Giftigste. Die ganz grossen Hasser in der Weltgeschichte sind immer Priester gewesen, auch die geistreichsten Hasser: – gegen den Geist der priesterlichen Rache kommt überhaupt aller übrige Geist kaum in Betracht. Die menschliche Geschichte wäre eine gar zu dumme Sache ohne den Geist, der von den Ohnmächtigen her in sie gekommen ist: – nehmen wir sofort das grösste Beispiel. Alles, was auf Erden gegen „die Vornehmen“, „die Gewaltigen“, „die Herren“, „die Machthaber“ gethan worden ist, ist nicht der Rede werth im Vergleich mit dem, was *die Juden* gegen sie gethan haben: die Juden, jenes priesterliche Volk, das sich an seinen Feinden und Überwältigern zuletzt nur durch eine radikale Umwerthung von deren Werthen, also durch einen Akt der *geistigsten Rache* Genugthuung zu schaffen wusste. So allein war es eben einem priesterlichen Volke gemäss, dem Volke der zurückgetretensten priesterlichen Rachsucht. Die Juden sind es gewesen, die gegen die aristokratische Werthgleichung (gut = vornehm = mächtig = schön = glücklich = gottgeliebt) mit einer furchteinflössenden Folgerichtigkeit die Umkehrung gewagt und mit den Zähnen des abgründlichsten Hasses (des Hasses der Ohnmacht) festgehalten haben, nämlich „die Elenden sind allein die Guten, die Armen, Ohnmächtigen, Niedrigen sind allein die Guten, die Leidenden, Entbehrenden, Kranken, Hässlichen sind auch die einzig Frommen, die einzig Gottseligen, für sie allein giebt es Seligkeit, – dagegen ihr, ihr Vornehmen und Gewaltigen, ihr seid in alle Ewigkeit die Bösen, die Grausamen, die Lüsternen, die Unersättlichen, die Gottlosen, ihr werdet auch ewig die Unseligen, Verfluchten und Verdammten sein!“ ... Man weiss, *wer* die Erbschaft dieser jüdischen Umwerthung gemacht hat... Ich erinnere in Betreff der ungeheuren und über alle Maassen verhängnissvollen Initiative, welche die Juden mit dieser grundsätzlichsten aller Kriegserklärungen gegeben haben, an den Satz, auf den ich bei einer anderen

Gelegenheit gekommen bin („Jenseits von Gut und Böse" p. 118) – dass nämlich mit den Juden *der Sklavenaufstand in der Moral* beginnt: jener Aufstand, welcher eine zweitausendjährige Geschichte hinter sich hat und der uns heute nur deshalb aus den Augen gerückt ist, weil er – siegreich gewesen ist...

8.

– Aber ihr versteht das nicht? Ihr habt keine Augen für Etwas, das zwei Jahrtausende gebraucht hat, um zum Siege zu kommen?... Daran ist Nichts zum Verwundern: alle *langen* Dinge sind schwer zu sehn, zu übersehn. *Das* aber ist das Ereigniss: aus dem Stamme jenes Baums der Rache und des Hasses, des jüdischen Hasses – des tiefsten und sublimsten, nämlich Ideale schaffenden, Werthe umschaffenden Hasses, dessen Gleichen nie auf Erden dagewesen ist – wuchs etwas ebenso Unvergleichliches heraus, eine *neue Liebe*, die tiefste und sublimste aller Arten Liebe: – und aus welchem andern Stamme hätte sie auch wachsen können?... Dass man aber ja nicht vermeine, sie sei etwa als die eigentliche Verneinung jenes Durstes nach Rache, als der Gegensatz des jüdischen Hasses emporgewachsen! Nein, das Umgekehrte ist die Wahrheit! Diese Liebe wuchs aus ihm heraus, als seine Krone, als die triumphirende, in der reinsten Helle und Sonnenfülle sich breit und breiter entfaltende Krone, welche mit demselben Drange gleichsam im Reiche des Lichts und der Höhe auf die Ziele jenes Hasses, auf Sieg, auf Beute, auf Verführung aus war, mit dem die Wurzeln jenes Hasses sich immer gründlicher und begehrlicher in Alles, was Tiefe hatte und böse war, hinunter senkten. Dieser Jesus von Nazareth, als das leibhafte Evangelium der Liebe, dieser den Armen, den Kranken, den Sündern die Seligkeit und den Sieg bringende „Erlöser" – war er nicht gerade die Verführung in ihrer unheimlichsten und unwiderstehlichsten Form, die Verführung und der Umweg zu eben jenen *jüdischen* Werthen und Neuerungen des Ideals? Hat Israel nicht gerade auf dem Umwege dieses „Erlösers", dieses scheinbaren Widersachers und Auflösers Israel's, das letzte Ziel seiner sublimen Rachsucht erreicht? Gehört es nicht in die geheime schwarze Kunst einer wahrhaft *grossen* Politik der Rache, einer weitsichtigen, unterirdischen, langsam-greifenden und vorausrechnenden Rache, dass Israel selber das eigentliche Werkzeug seiner Rache vor aller Welt wie etwas Todfeindliches verleugnen und an's Kreuz schlagen musste, damit „alle Welt", nämlich alle Gegner Israel's unbedenklich gerade an diesem Köder anbeissen konnten? Und wüsste man sich andrerseits, aus allem Raffinement des Geistes heraus, überhaupt noch einen *gefährlicheren* Köder auszudenken? Etwas, das an verlockender, berauschender, betäubender, verderbender Kraft jenem Symbol des „heiligen Kreuzes“ gleichkäme, jener schauerlichen Paradoxie eines „Gottes am Kreuze“, jenem Mysterium einer unausdenkbaren letzten äussersten Grausamkeit und Selbstkreuzigung Gottes *zum Heile des Menschen*?... Gewiss ist wenigstens, dass sub hoc signo Israel mit seiner Rache und Umwerthung aller Werthe bisher über alle anderen Ideale, über alle *vornehmeren* Ideale immer wieder triumphirt hat. --

9.

– „Aber was reden Sie noch von *vornehmeren* Idealen! Fügen wir uns in die Thatsachen: das Volk hat gesiegt – oder „die Sklaven“, oder „der Pöbel“, oder „die Heerde“, oder wie Sie es zu nennen belieben – wenn dies durch die Juden geschehen ist, wohlan! so hatte nie ein Volk eine welthistorischere Mission. „Die Herren“ sind abgethan; die Moral des gemeinen Mannes hat gesiegt. Man mag diesen Sieg zugleich als eine Blutvergiftung nehmen (er hat die Rassen durch einander gemengt) – ich widerspreche nicht; unzweifelhaft ist aber diese Intoxikation *gelungen*. Die „Erlösung“ des Menschengeschlechtes (nämlich von „den Herren“) ist auf dem besten Wege; Alles verjüdelt oder verchristlicht oder verpöbelt sich zusehends (was liegt an Worten!). Der Gang dieser Vergiftung, durch den ganzen Leib der Menschheit hindurch, scheint unaufhaltsam, ihr tempo und Schritt darf sogar von nun an immer langsamer, feiner, unhörbarer, besonnener sein – man hat ja Zeit... Kommt der Kirche in dieser Absicht heute noch eine *nothwendige* Aufgabe, überhaupt noch ein Recht auf Dasein zu? Oder könnte man ihrer entrathen? Quaeritur. Es scheint, dass sie jenen Gang eher hemmt und zurückhält, statt ihn zu beschleunigen? Nun, eben das könnte ihre Nützlichkeit sein... Sicherlich ist sie nachgerade etwas Gröbliches und Bäurisches, das einer zarteren Intelligenz, einem eigentlich modernen Geschmacke widersteht. Sollte sie sich zum Mindesten nicht etwas raffinieren?... Sie entfremdet heute mehr, als dass sie verführte... Wer von uns würde wohl Freigeist sein, wenn es nicht die Kirche gäbe? Die Kirche widersteht uns, *nicht* ihr Gift... Von der Kirche abgesehn lieben auch wir das Gift...“ – Dies der Epilog eines „Freigeistes“ zu meiner Rede, eines ehrlichen Thiers, wie er reichlich verrathen hat, überdies eines Demokraten; er hatte mir bis dahin zugehört und hielt es nicht aus, mich schweigen zu hören. Für mich nämlich giebt es an dieser Stelle viel zu schweigen. –

10.

Der Sklavenaufstand in der Moral beginnt damit, dass das *Ressentiment* selbst schöpferisch wird und Werthe gebiert: das Ressentiment solcher Wesen, denen die eigentliche Reaktion, die der That versagt ist, die sich nur durch eine imaginäre Rache schadlos halten. Während alle vornehme Moral aus einem triumphirenden Ja-sagen zu sich selber herauswächst, sagt die Sklaven-Moral von vornherein Nein zu einem „Ausserhalb", zu einem „Anders", zu einem „Nicht-selbst": und *dies* Nein ist ihre schöpferische That. Diese Umkehrung des werthesetzenden Blicks – diese *nothwendige* Richtung nach Aussen statt zurück auf sich selber – gehört eben zum Ressentiment: die Sklaven-Moral bedarf, um zu entstehn, immer zuerst einer Gegen- und Aussenwelt, sie bedarf, physiologisch gesprochen, äusserer Reize, um überhaupt zu agiren, – ihre Aktion ist von Grund aus Reaktion. Das Umgekehrte ist bei der vornehmen Werthungsweise der Fall: sie agirt und wächst spontan, sie sucht ihren Gegensatz nur auf, um zu sich selber noch dankbarer, noch frohlockender Ja zu sagen, – ihr negativer Begriff „niedrig" „gemein" „schlecht" ist nur ein nachgebornes blasses Contrastbild im Verhältniss zu ihrem positiven, durch und durch mit Leben und Leidenschaft durchtränkten Grundbegriff „wir Vornehmen, wir Guten, wir Schönen, wir Glücklichen!" Wenn die vornehme Werthungsweise sich vergreift und an der Realität versündigt, so geschieht dies in Bezug auf die Sphäre, welche ihr *nicht* genügend bekannt ist, ja gegen deren wirkliches Kennen sie sich spröde zur Wehre setzt: sie verkennt unter Umständen die von ihr verachtete Sphäre, die des gemeinen Mannes, des niedren Volks; andrerseits erwäge man, dass jedenfalls der Affekt der Verachtung, des Herabblickens, des Überlegen-Blickens, gesetzt, dass er das Bild des Verachteten *fälscht*, bei weitem hinter der Fälschung zurückbleiben wird, mit der der zurückgetretene Hass, die Rache des Ohnmächtigen sich an seinem Gegner – in effigie natürlich – vergreifen wird. In der That ist in der Verachtung zu viel Nachlässigkeit, zu viel Leicht-Nehmen, zu viel Wegblicken und Ungeduld mit eingemischt, selbst zu viel eignes Frohgefühl, als dass sie im Stande wäre, ihr Objekt zum eigentlichen Zerrbild und Scheusal umzuwandeln. Man überhöre doch die beinahe wohlwollenden nuances nicht, welche zum Beispiel der griechische Adel in alle Worte legt, mit denen er das niedere Volk von sich abhebt; wie sich fortwährend eine Art Bedauern, Rücksicht, Nachsicht einmischt und anzuckert, bis zu dem Ende, dass fast alle Worte, die dem gemeinen Manne zukommen, schliesslich als Ausdrücke für „unglücklich" „bedauernswürdig" übrig geblieben sind (vergleiche δειλος, δελαιος, πονηρος, μοχθηρος, letztere zwei eigentlich den gemeinen Mann als Arbeitssklaven und Lastthier kennzeichnend) – und wie andrerseits „schlecht" „niedrig" „unglücklich" nie wieder aufgehört haben, für das griechische Ohr in Einen Ton auszuklingen, mit einer Klangfarbe, in der „unglücklich" überwiegt: dies als Erbstück der alten edleren aristokratischen Werthungsweise, die sich auch im Verachten nicht verleugnet (– Philologen seien daran erinnert, in welchem Sinne οιζυρος, υνολβος, τλωμων, δυστυχεαν, ξυμφορι gebraucht werden). Die „Wohlgeborenen" *fühlten* sich eben als die „Glücklichen"; sie hatten ihr Glück nicht erst durch einen Blick auf ihre Feinde künstlich zu construiren, unter Umständen einzureden, *einzulügen* (wie es alle Menschen des Ressentiment zu thun pflegen); und ebenfalls wussten sie, als volle, mit Kraft überladene, folglich *nothwendig* aktive Menschen, von dem Glück das Handeln nicht abzutrennen, – das Thätigsein wird bei ihnen mit Nothwendigkeit in's Glück hineingerechnet (woher ε πριττειν seine Herkunft nimmt) – Alles sehr im Gegensatz zu dem „Glück" auf der Stufe der Ohnmächtigen, Gedrückten, an giftigen und feindseligen Gefühlen Schwärenden, bei denen es wesentlich als Narcose, Betäubung, Ruhe, Frieden, „Sabbat", Gemüths-Ausspannung und Gliederstrecken, kurz *passivisch* auftritt. Während der vornehme Mensch vor sich selbst mit Vertrauen und Offenheit lebt (γενναιος „edelbürtig" unterstreicht die nuance „aufrichtig" und auch wohl „naiv"), so ist der Mensch des Ressentiment weder aufrichtig, noch naiv, noch mit sich selber ehrlich und geradezu. Seine Seele *schielt*; sein Geist liebt Schlupfwinkel, Schleichwege und Hinterthüren, alles Versteckte muthet ihn an als *seine* Welt, *seine* Sicherheit, *sein* Labsal; er versteht sich auf das Schweigen, das Nicht-Vergessen, das Warten, das vorläufige Sich-verkleinern, Sich-demüthigen. Eine Rasse solcher Menschen des Ressentiment wird nothwendig endlich *klüger* sein als irgend eine vornehme Rasse, sie wird die Klugheit auch in ganz andrem Maasse ehren: nämlich als eine Existenzbedingung ersten Ranges, während die Klugheit bei vornehmen Menschen leicht einen feinen Beigeschmack von Luxus und Raffinement an sich hat: – sie ist eben hier lange nicht so wesentlich, als die vollkommne Funktions-Sicherheit der regulirenden *unbewussten* Instinkte oder selbst eine gewisse Unklugheit, etwa das tapfre Drauflosgehn, sei es auf die Gefahr, sei es auf den Feind, oder jene schwärmerische Plötzlichkeit von Zorn, Liebe, Ehrfurcht, Dankbarkeit und Rache, an der sich zu allen Zeiten die vornehmen Seelen wiedererkannt haben. Das Ressentiment des vornehmen Menschen selbst, wenn es an ihm auftritt, vollzieht und erschöpft sich nämlich in einer sofortigen Reaktion, es *vergiftet* darum nicht: andrerseits tritt es in unzähligen Fällen gar nicht auf, wo es bei allen Schwachen und Ohnmächtigen unvermeidlich ist. Seine Feinde, seine Unfälle, seine *Unthaten* selbst nicht lange ernst nehmen können – das ist das Zeichen starker voller Naturen, in denen ein Überschuss plastischer, nachbildender, ausheilender, auch vergessen machender Kraft ist (ein gutes Beispiel dafür aus der modernen Welt ist Mirabeau, welcher kein Gedächtniss für Insulte und Niederträchtigkeiten hatte, die man an ihm begieng, und der nur deshalb nicht vergeben konnte, weil er – vergass). Ein solcher Mensch schüttelt eben viel Gewürm mit Einem Ruck von sich, das sich bei Anderen eingräbt; hier allein ist auch das möglich, gesetzt, dass es überhaupt auf Erden möglich ist – die eigentliche *„Liebe* zu seinen Feinden". Wie viel Ehrfurcht vor seinen Feinden hat schon ein vornehmer Mensch! – und eine solche Ehrfurcht ist schon eine Brücke zur Liebe... Er verlangt ja seinen Feind für sich, als seine Auszeichnung, er hält ja keinen andren Feind aus, als einen solchen, an dem Nichts zu verachten und *sehr Viel* zu ehren ist! Dagegen stelle man sich „den Feind" vor, wie ihn der Mensch des Ressentiment concipirt – und hier gerade ist seine That, seine Schöpfung: er hat „den bösen Feind" concipirt, *„den Bösen"*, und zwar als Grundbegriff, von dem aus er sich als Nachbild und Gegenstück nun auch noch einen „Guten" ausdenkt – sich selbst!...

11.

Gerade umgekehrt also wie bei dem Vornehmen, der den Grundbegriff „gut" voraus und spontan, nämlich von sich aus concipirt und von da aus erst eine Vorstellung von „schlecht" sich schafft! Dies „schlecht" vornehmen Ursprungs und jenes „böse" aus dem Braukessel des ungesättigten Hasses – das erste eine Nachschöpfung, ein Nebenher, eine Complementärfarbe, das zweite dagegen das Original, der Anfang, die eigentliche *That* in der Conception einer Sklaven-Moral – wie verschieden stehen die beiden scheinbar demselben Begriff „gut" entgegengestellten Worte „schlecht" und „böse" da! Aber es ist *nicht* derselbe Begriff „gut": vielmehr frage man sich doch, *wer* eigentlich „böse" ist, im Sinne der Moral des Ressentiment. In aller Strenge geantwortet: *eben* der „Gute" der andren Moral, eben der Vornehme, der Mächtige, der Herrschende, nur umgefärbt, nur umgedeutet, nur umgesehn durch das Giftauge des Ressentiment. Hier wollen wir Eins am wenigsten leugnen: wer jene „Guten" nur als Feinde kennen lernte, lernte auch nichts als *böse Feinde* kennen, und dieselben Menschen, welche so streng durch Sitte, Verehrung, Brauch,

Dankbarkeit, noch mehr durch gegenseitige Bewachung, durch Eifersucht inter pares in Schranken gehalten sind, die andrerseits im Verhalten zu einander so erfinderisch in Rücksicht, Selbstbeherrschung, Zartsinn, Treue, Stolz und Freundschaft sich beweisen, – sie sind nach Aussen hin, dort wo das Fremde, *die* Fremde beginnt, nicht viel besser als losgelassne Raubthiere. Sie geniessen da die Freiheit von allem socialen Zwang, sie halten sich in der Wildniss schadlos für die Spannung, welche eine lange Einschliessung und Einfriedigung in den Frieden der Gemeinschaft giebt, sie treten in die Unschuld des Raubthier-Gewissens *zurück*, als frohlockende Ungeheuer, welche vielleicht von einer scheusslichen Abfolge von Mord, Niederbrennung, Schändung, Folterung mit einem Übermuthe und seelischen Gleichgewichte davongehen, wie als ob nur ein Studentenstreich vollbracht sei, überzeugt davon, dass die Dichter für lange nun wieder Etwas zu singen und zu rühmen haben. Auf dem Grunde aller dieser vornehmen Rassen ist das Raubthier, die prachtvolle nach Beute und Sieg lüstern schweifende *blonde Bestie* nicht zu verkennen; es bedarf für diesen verborgenen Grund von Zeit zu Zeit der Entladung, das Thier muss wieder heraus, muss wieder in die Wildniss zurück: – römischer, arabischer, germanischer, japanesischer Adel, homerische Helden, skandinavische Wikinger – in diesem Bedürfniss sind sie sich alle gleich. Die vornehmen Rassen sind es, welche den Begriff „Barbar" auf all den Spuren hinterlassen haben, wo sie gegangen sind; noch aus ihrer höchsten Cultur heraus verräth sich ein Bewusstsein davon und ein Stolz selbst darauf (zum Beispiel wenn Perikles seinen Athenern sagt, in jener berühmten Leichenrede, „zu allem Land und Meer hat unsre Kühnheit sich den Weg gebrochen, unvergängliche Denkmale sich überall im Guten *und Schlimmen* aufrichtend"). Diese „Kühnheit" vornehmer Rassen, toll, absurd, plötzlich, wie sie sich äussert, das Unberechenbare, das Unwahrscheinliche selbst ihrer Unternehmungen – Perikles hebt die ραθυμια der Athener mit Auszeichnung hervor – ihre Gleichgültigkeit und Verachtung gegen Sicherheit, Leib, Leben, Behagen, ihre entsetzliche Heiterkeit und Tiefe der Lust in allem Zerstören, in allen Wollüsten des Siegs und der Grausamkeit – Alles fasste sich für Die, welche daran litten, in das Bild des „Barbaren", des „bösen Feindes", etwa des „Gothen", des „Vandalen" zusammen. Das tiefe, eisige Misstrauen, das der Deutsche erregt, sobald er zur Macht kommt, auch jetzt wieder – ist immer noch ein Nachschlag jenes unauslöschlichen Entsetzens, mit dem Jahrhunderte lang Europa dem Wüthen der blonden germanischen Bestie zugesehn hat (obwohl zwischen alten Germanen und uns Deutschen kaum eine Begriffs-, geschweige eine Blutverwandtschaft besteht). Ich habe einmal auf die

Verlegenheit Hesiod's aufmerksam gemacht, als er die Abfolge der Cultur-Zeitalter aussann und sie in Gold, Silber, Erz auszudrücken suchte: er wusste mit dem Widerspruch, den ihm die herrliche, aber ebenfalls so schauerliche, so gewaltthätige Welt Homer's bot, nicht anders fertig zu werden, als indem er aus Einem Zeitalter zwei machte, die er nunmehr hinter einander stellte – einmal das Zeitalter der Helden und Halbgötter von Troja und Theben, so wie jene Welt im Gedächtniss der vornehmen Geschlechter zurückgeblieben war, die in ihr die eignen Ahnherrn hatten; sodann das eherne Zeitalter, so wie jene gleiche Welt den Nachkommen der Niedergetretenen, Beraubten, Misshandelten, Weggeschleppten, Verkauften erschien: als ein Zeitalter von Erz, wie gesagt, hart, kalt, grausam, gefühl- und gewissenlos, Alles zermalmend und mit Blut übertünchend. Gesetzt, dass es wahr wäre, was jetzt jedenfalls als „Wahrheit" geglaubt wird, dass es eben der *Sinn aller Cultur* sei, aus dem Raubthiere „Mensch" ein zahmes und civilisirtes Thier, ein *Hausthier* herauszuzüchten, so müsste man unzweifelhaft alle jene Reaktions- und Ressentiments-Instinkte, mit deren Hülfe die vornehmen Geschlechter sammt ihren Idealen schliesslich zu Schanden gemacht und überwältigt worden sind, als die eigentlichen *Werkzeuge der Cultur* betrachten; womit allerdings noch nicht gesagt wäre, dass deren *Träger* zugleich auch selber die Cultur darstellten. Vielmehr wäre das Gegentheil nicht nur wahrscheinlich – nein! es ist heute *augenscheinlich*! Diese Träger der niederdrückenden und vergeltungslüsternen Instinkte, die Nachkommen alles europäischen und nicht europäischen Sklaventhums, aller vorarischen Bevölkerung in Sonderheit – sie stellen den *Rückgang* der Menschheit dar! Diese „Werkzeuge der Cultur" sind eine Schande des Menschen, und eher ein Verdacht, ein Gegenargument gegen „Cultur" überhaupt! Man mag im besten Rechte sein, wenn man vor der blonden Bestie auf dem Grunde aller vornehmen Rassen die Furcht nicht los wird und auf der Hut ist: aber wer möchte nicht hundertmal lieber sich fürchten, wenn er zugleich bewundern darf, als sich *nicht* fürchten, aber dabei den ekelhaften Anblick des Missrathenen, Verkleinerten, Verkümmerten, Vergifteten nicht mehr los werden können? Und ist dass nicht *unser* Verhängniss? Was macht heute *unsern* Widerwillen gegen „den Menschen"? – denn wir *leiden* am Menschen, es ist kein Zweifel. – *Nicht* die Furcht; eher, dass wir Nichts mehr am Menschen zu fürchten haben; dass das Gewürm „Mensch" im Vordergrunde ist und wimmelt; dass der „zahme Mensch", der Heillos-Mittelmässige und Unerquickliche bereits sich als Ziel und Spitze, als Sinn der Geschichte, als „höheren Menschen" zu fühlen gelernt hat; – ja dass er ein gewisses Recht darauf hat, sich so zu fühlen, insofern er sich im Abstande von der Überfülle des Missrathenen, Kränklichen, Müden, Verlebten fühlt, nach dem heute Europa zu stinken beginnt, somit als etwas wenigstens relativ Gerathenes, wenigstens noch Lebensfähiges, wenigstens zum Leben Jasagendes...

12.

– Ich unterdrücke an dieser Stelle einen Seufzer und eine letzte Zuversicht nicht. Was ist das gerade mir ganz Unerträgliche? Das, womit ich allein nicht fertig werde, was mich ersticken und verschmachten macht? Schlechte Luft! Schlechte Luft! Dass etwas Missrathenes in meine Nähe kommt; dass ich die Eingeweide einer missrathenen Seele riechen muss!... Was hält man sonst nicht aus von Noth, Entbehrung, bösem Wetter, Siechthum, Mühsal, Vereinsamung? Im Grunde wird man mit allem Übrigen fertig, geboren wie man ist zu einem unterirdischen und kämpfenden Dasein; man kommt immer wieder einmal an's Licht, man erlebt immer wieder seine goldene Stunde des Siegs, – und dann steht man da, wie man geboren ist, unzerbrechbar, gespannt, zu Neuem, zu noch Schwererem, Fernerem bereit, wie ein Bogen, den alle Noth immer nur noch straffer anzieht. – Aber von Zeit zu Zeit gönnt mir – gesetzt, dass es himmlische Gönnerinnen giebt, jenseits von Gut und Böse – einen Blick, gönnt mir Einen Blick nur auf etwas Vollkommenes, zu-Ende-Gerathenes, Glückliches, Mächtiges, Triumphirendes, an dem es noch Etwas zu fürchten giebt! Auf einen Menschen, der *den* Menschen rechtfertigt, auf einen complementären und erlösenden Glücksfall des Menschen, um desswillen man *den Glauben an den Menschen* festhalten darf!... Denn so steht es: die Verkleinerung und Ausgleichung des europäischen Menschen birgt *unsre* grösste Gefahr, denn dieser Anblick macht müde... Wir sehen heute Nichts, das grösser werden will, wir ahnen, dass es immer noch abwärts, abwärts geht, in's Dünnere, Gutmüthigere, Klügere, Behaglichere, Mittelmässigere, Gleichgültigere, Chinesischere, Christlichere – der Mensch, es ist kein Zweifel, wird immer „besser" ... Hier eben liegt das Verhängniss Europa's – mit der Furcht vor dem Menschen haben wir auch die Liebe zu ihm, die Ehrfurcht vor ihm, die Hoffnung auf ihn, ja den Willen zu ihm eingebüsst. Der Anblick des Menschen macht nunmehr müde – was ist heute Nihilismus, wenn er nicht *das* ist?... Wir sind *des Menschen* müde...

13.

– Doch kommen wir zurück: das Problem vom *andren* Ursprung des „Guten“, vom Guten, wie ihn der Mensch des Ressentiment sich ausgedacht hat, verlangt nach seinem Abschluss. – Dass die Lämmer den grossen Raubvögeln gram sind, das befremdet nicht: nur liegt darin kein Grund, es den grossen Raubvögeln zu verargen, dass sie sich kleine Lämmer holen. Und wenn die Lämmer unter sich sagen „diese Raubvögel sind böse; und wer so wenig als möglich ein Raubvogel ist, vielmehr deren Gegenstück, ein Lamm, – sollte der nicht gut sein?“ so ist an dieser Aufrichtung eines Ideals Nichts auszusetzen, sei es auch, dass die Raubvögel dazu ein wenig spöttisch blicken werden und vielleicht sich sagen: „*wir* sind ihnen gar nicht gram, diesen guten Lämmern, wir lieben sie sogar: nichts ist schmackhafter als ein zartes Lamm.“ – Von der Stärke verlangen, dass sie sich *nicht* als Stärke äussere, dass sie *nicht* ein Überwältigen-Wollen, ein Niederwerfen-Wollen, ein Herrwerden-Wollen, ein Durst nach Feinden und Widerständen und Triumphen sei, ist gerade so widersinnig als von der Schwäche verlangen, dass sie sich als Stärke äussere. Ein Quantum Kraft ist ein eben solches Quantum Trieb, Wille, Wirken – vielmehr, es ist gar nichts anderes als eben dieses Treiben, Wollen, Wirken selbst, und nur unter der Verführung der Sprache (und der in ihr versteinerten Grundirrthümer der Vernunft), welche alles Wirken als bedingt durch ein Wirkendes, durch ein „Subjekt“ versteht und missversteht, kann es anders erscheinen. Ebenso nämlich, wie das Volk den Blitz von seinem Leuchten trennt und letzteres als *Thun*, als Wirkung eines Subjekts nimmt, das Blitz heisst, so trennt die Volks-Moral auch die Stärke von den Äusserungen der Stärke ab, wie als ob es hinter dem Starken ein indifferentes Substrat gäbe, dem es *freistünde*, Stärke zu äussern oder auch nicht. Aber es giebt kein solches Substrat; es giebt kein „Sein“ hinter dem Thun, Wirken, Werden; „der Thäter“ ist zum Thun bloss hinzugedichtet, – das Thun ist Alles. Das Volk verdoppelt im Grunde das Thun, wenn es den Blitz leuchten lässt, das ist ein Thun-Thun: es setzt dasselbe Geschehen einmal als Ursache und dann noch einmal als deren Wirkung. Die Naturforscher machen es nicht besser, wenn sie sagen „die Kraft bewegt, die Kraft verursacht“ und dergleichen, – unsre ganze Wissenschaft steht noch, trotz aller ihrer Kühle, ihrer Freiheit vom Affekt, unter der Verführung der Sprache und ist die untergeschobenen Wechselbälge, die „Subjekte“ nicht losgeworden (das Atom ist zum Beispiel ein solcher Wechselbalg, insgleichen das Kantische „Ding an sich“): was Wunder, wenn die zurückgetretenen, versteckt glimmenden Affekte Rache und Hass diesen

Glauben für sich ausnützen und im Grunde sogar keinen Glauben inbrünstiger aufrecht erhalten als den, *es stehe dem Starken frei*, schwach, und dem Raubvogel, Lamm zu sein: – damit gewinnen sie ja bei sich das Recht, dem Raubvogel es *zuzurechnen*, Raubvogel zu sein... Wenn die Unterdrückten, Niedergetretenen, Vergewaltigten aus der rachsüchtigen List der Ohnmacht heraus sich zureden: „lasst uns anders sein als die Bösen, nämlich gut! Und gut ist Jeder, der nicht vergewaltigt, der Niemanden verletzt, der nicht angreift, der nicht vergilt, der die Rache Gott übergiebt, der sich wie wir im Verborgenen hält, der allem Bösen aus dem Wege geht und wenig überhaupt vom Leben verlangt, gleich uns den Geduldigen, Demüthigen, Gerechten“ – so heisst das, kalt und ohne Voreingenommenheit angehört, eigentlich nichts weiter als: „wir Schwachen sind nun einmal schwach; es ist gut, wenn wir nichts thun, *wozu wir nicht stark genug sind*“ – aber dieser herbe Thatbestand, diese Klugheit niedrigsten Ranges, welche selbst Insekten haben (die sich wohl todt stellen, um nicht „zu viel“ zu thun, bei grosser Gefahr), hat sich Dank jener Falschmünzerei und Selbstverlogenheit der Ohnmacht in den Prunk der entsagenden stillen abwartenden Tugend gekleidet, gleich als ob die Schwäche des Schwachen selbst – das heisst doch sein *Wesen*, sein Wirken, seine ganze einzige unvermeidliche, unablösbare Wirklichkeit – eine freiwillige Leistung, etwas Gewolltes, Gewähltes, eine *That*, ein *Verdienst* sei. Diese Art Mensch hat den Glauben an das indifferente wahlfreie „Subjekt“ *nöthig* aus einem Instinkte der Selbsterhaltung, Selbstbejahung heraus, in dem jede Lüge sich zu heiligen pflegt. Das Subjekt (oder, dass wir populärer reden, die *Seele*) ist vielleicht deshalb bis jetzt auf Erden der beste Glaubenssatz gewesen, weil er der Überzahl der Sterblichen, den Schwachen und Niedergedrückten jeder Art, jene sublime Selbstbetrügerei ermöglichte, die Schwäche selbst als Freiheit, ihr So- und Sosein als *Verdienst* auszulegen.

14.

– Will Jemand ein wenig in das Geheimniss hinab und hinunter sehn, wie man auf Erden *Ideale fabrizirt*? Wer hat den Muth dazu?... Wohlan! Hier ist der Blick offen in diese dunkle Werkstätte. Warten Sie noch einen Augenblick, mein Herr Vorwitz und Wagehals: Ihr Auge muss sich erst an dieses falsche schillernde Licht gewöhnen... So! Genug! Reden Sie jetzt! Was geht da unten vor? Sprechen Sie aus, was Sie sehen, Mann der gefährlichsten Neugierde – jetzt bin *ich* der, welcher zuhört. –

– „Ich sehe Nichts, ich höre um so mehr. Es ist ein vorsichtiges tückisches leises

Munkeln und Zusammenflüstern aus allen Ecken und Winkeln. Es scheint mir, dass man lügt; eine zuckrige Milde klebt an jedem Klange. Die Schwäche soll zum *Verdienste* umgelogen werden, es ist kein Zweifel – es steht damit so, wie Sie es sagten." –

– Weiter!

– „Und die Ohnmacht, die nicht vergilt, zur „Güte"; die ängstliche Niedrigkeit zur „Demuth"; die Unterwerfung vor Denen, die man hasst, zum „Gehorsam" (nämlich gegen Einen, von dem sie sagen, er befehle diese Unterwerfung, – sie heissen ihn Gott). Das Unoffensive des Schwachen, die Feigheit selbst, an der er reich ist, sein An-der-Thür-stehn, sein unvermeidliches Warten-müssen kommt hier zu guten Namen, als „Geduld", es heisst auch wohl *die* Tugend; das Sich-nicht-rächen-Können heisst Sich-nicht-rächen-Wollen, vielleicht selbst Verzeihung („denn *sie* wissen nicht, was sie thun – wir allein wissen es, was *sie* thun!"). Auch redet man von der „Liebe zu seinen Feinden" – und schwitzt dabei."

– Weiter!

– „Sie sind elend, es ist kein Zweifel, alle diese Munkler und Winkel-Falschmünzer, ob sie schon warm bei einander hokken – aber sie sagen mir, ihr Elend sei eine Auswahl und Auszeichnung Gottes, man prügele die Hunde, die man am liebsten habe; vielleicht sei dies Elend auch eine Vorbereitung, eine Prüfung, eine Schulung, vielleicht sei es noch mehr – Etwas, das einst ausgeglichen und mit ungeheuren Zinsen in Gold, nein! in Glück ausgezahlt werde. Das heissen sie „die Seligkeit."

– Weiter!

– „Jetzt geben sie mir zu verstehen, dass sie nicht nur besser seien als die Mächtigen, die Herrn der Erde, deren Speichel sie lecken müssen (*nicht* aus Furcht, ganz und gar nicht aus Furcht! sondern weil es Gott gebietet, alle Obrigkeit zu ehren) – dass sie nicht nur besser seien, sondern es auch „besser hätten", jedenfalls einmal besser haben würden. Aber genug! genug! Ich halte es nicht mehr aus. Schlechte Luft! Schlechte Luft! Diese Werkstätte, wo man *Ideale fabrizirt* – mich dünkt, sie stinkt vor lauter Lügen."

– Nein! Noch einen Augenblick! Sie sagten noch nichts von dem Meisterstücke dieser Schwarzkünstler, welche Weiss, Milch und Unschuld aus jedem Schwarz herstellen: – haben Sie nicht bemerkt, was ihre Vollendung im Raffinement ist, ihr kühnster, feinster, geistreichster, lügenreichster Artisten-Griff? Geben Sie Acht! Diese Kellerthiere voll Rache und Hass – was machen sie doch gerade aus Rache und Hass? Hörten Sie je diese Worte? Würden Sie ahnen, wenn Sie nur

ihren Worten trauten, dass Sie unter lauter Menschen des Ressentiment sind?...
– „Ich verstehe, ich mache nochmals die Ohren auf (ach! ach! ach! und die Nase *zu*). Jetzt höre ich erst, was sie so oft schon sagten: „Wir Guten – *wir sind die Gerechten*" – was sie verlangen, das heissen sie nicht Vergeltung, sondern „den Triumph der *Gerechtigkeit*"; was sie hassen, das ist nicht ihr Feind, nein! sie hassen das „*Unrecht*", die „Gottlosigkeit"; was sie glauben und hoffen, ist nicht die Hoffnung auf Rache, die Trunkenheit der süssen Rache (– „süsser als Honig" nannte sie schon Homer), sondern der Sieg Gottes, des *gerechten* Gottes über die Gottlosen; was ihnen zu lieben auf Erden übrig bleibt, sind nicht ihre Brüder im Hasse, sondern ihre „Brüder in der Liebe", wie sie sagen, alle Guten und Gerechten auf der Erde."
– Und wie nennen sie das, was ihnen als Trost wider alle Leiden des Lebens dient – ihre Phantasmagorie der vorweggenommenen zukünftigen Seligkeit?
– „Wie? Höre ich recht? Sie heissen das „das jüngste Gericht", das Kommen *ihres* Reichs, des „Reichs Gottes" – *einstweilen* aber leben sie „im Glauben", „in der Liebe", „in der Hoffnung."
– Genug! Genug!

15.

Im Glauben woran? In der Liebe wozu? In der Hoffnung worauf? – Diese Schwachen – irgendwann einmal nämlich wollen auch *sie* die Starken sein, es ist kein Zweifel, irgendwann soll auch *ihr* "Reich" kommen – „das Reich Gottes" heisst es schlechtweg bei ihnen, wie gesagt: man ist ja in Allem so demüthig! Schon um *das* zu erleben, hat man nöthig, lange zu leben, über den Tod hinaus, – ja man hat das ewige Leben nöthig, damit man sich auch ewig im „Reiche Gottes" schadlos halten kann für jenes Erden-Leben „im Glauben, in der Liebe, in der Hoffnung." Schadlos wofür? Schadlos wodurch?... Dante hat sich, wie mich dünkt, gröblich vergriffen, als er, mit einer schreckeneinflössenden Ingenuität, jene Inschrift über das Thor zu seiner Hölle setzte „auch mich schuf die ewige Liebe": – über dem Thore des christlichen Paradieses und seiner „ewigen Seligkeit" würde jedenfalls mit besserem Rechte die Inschrift stehen dürfen „auch mich schuf der ewige *Hass*" – gesetzt, dass eine Wahrheit über dem Thor zu einer Lüge stehen dürfte! Denn *was* ist die Seligkeit jenes Paradieses?... Wir würden es vielleicht schon errathen; aber besser ist es, dass es uns eine in solchen Dingen nicht zu unterschätzende Autorität ausdrücklich bezeugt, Thomas von Aquino, der grosse Lehrer und Heilige. „Beati in regno coelesti", sagt er sanft wie ein Lamm, „videbunt poenas damnatorum, *ut beatitudo illis magis complaceat.*“ Oder will man es in einer stärkeren Tonart hören, etwa aus dem Munde eines triumphirenden Kirchenvaters, der seinen Christen die grausamen Wollüste der öffentlichen Schauspiele widerrieth – warum doch? „Der Glaube bietet uns ja viel mehr, – sagt er, de spectac. c. 29 ss. – *viel Stärkeres*; Dank der Erlösung stehen uns ja ganz andre Freuden zu Gebote; an Stelle der Athleten haben wir unsre Märtyrer; wollen wir Blut, nun, so haben wir das Blut Christi... Aber was erwartet uns erst am Tage seiner Wiederkunft, seines Triumphes!“ – und nun fährt er fort, der entzückte Visionär: „At enim supersunt alia spectacula, ille ultimus et perpetuus judicii dies, ille nationibus insperatus, ille derisus, cum tanta saeculi vetustas et tot ejus nativitates uno igne haurientur. Quae tunc spectaculi latitudo! *Quid admirer*! *Quid rideam*! *Ubi gaudeam*! *Ubi exultem*, spectans tot et tantos *reges*, qui in coelum recepti nuntiabantur, cum ipso Jove et ipsis suis testibus in imis tenebris congemescentes! Item praesides (die Provinzialstatthalter) persecutores dominici nominis saevioribus quam ipsi flammis saevierunt insultantibus contra Christianos liquescentes! Quos praeterea sapientes illos philosophos coram discipulis suis una conflagrantibus erubescentes, quibus nihil ad deum pertinere suadebant, quibus animas aut nullas aut non in pristina corpora redituras affirmabant! Etiam poëtàs non ad Rhadamanti nec ad Minois, sed ad inopinati Christi tribunal palpitantes! Tunc magis tragoedi audiendi, magis scilicet vocales (besser bei Stimme, noch ärgere Schreier) in sua propria calamitate; tunc histriones cognoscendi, solutiores multo per ignem; tunc spectandus auriga in flammea rota totus rubens, tunc xystici contemplandi non in gymnasiis, sed in igne jaculati, nisi quod ne tunc quidem illos velim vivos, ut qui malim ad eos potius conspectum *insatiabilem* conferre, qui in dominum desaevierunt. „Hic est ille, dicam, fabri aut quaestuariae filius (wie alles Folgende und insbesondere auch diese aus dem Talmud bekannte Bezeichnung der Mutter Jesu zeigt, meint Tertullian von hier ab die Juden), sabbati destructor, Samarites et daemonium habens. Hic est, quem a Juda redemistis, hic est ille arundine et colaphis diverberatus, sputamentis dedecoratus, felle et aceto potatus. Hic est, quem clam discentes subripuerunt, ut resurrexisse dicatur vel hortulanus detraxit, ne lactucae suae frequentia commeantium laederentur.“ Ut talia spectes, *ut talibus exultes*, quis tibi praetor aut consul aut quaestor aut sacerdos de sua liberalitate praestabit? Et tamen haec jam habemus quodammodo *per fidem* spiritu imaginante repraesentata. Ceterum qualia illa sunt, quae nec oculus vidit nec auris audivit nec in cor hominis ascenderunt? (1. Cor. 2, 9.) Credo circo et utraque cavea (erster und vierter Rang oder, nach Anderen, komische und tragische Bühne) et omni stadio gratiora." – *Per fidem*: so steht's geschrieben.

16.

Kommen wir zum Schluss. Die beiden *entgegengesetzten* Werthe „gut und schlecht", „gut und böse" haben einen furchtbaren, Jahrtausende langen Kampf auf Erden gekämpft; und so gewiss auch der zweite Werth seit langem im Übergewichte ist, so fehlt es doch auch jetzt noch nicht an Stellen, wo der Kampf unentschieden fortgekämpft wird. Man könnte selbst sagen, dass er inzwischen immer höher hinauf getragen und eben damit immer tiefer, immer geistiger geworden sei: so dass es heute vielleicht kein entscheidenderes Abzeichen der *„höheren Natur"*, der geistigeren Natur giebt, als zwiespältig in jenem Sinne und wirklich noch ein Kampfplatz für jene Gegensätze zu sein. Das Symbol dieses Kampfes, in einer Schrift geschrieben, die über alle Menschengeschichte hinweg bisher lesbar blieb, heisst „Rom gegen Judäa, Judäa gegen Rom": – es gab bisher kein grösseres Ereigniss als *diesen* Kampf, *diese* Fragestellung, *diesen* todfeindlichen Widerspruch. Rom empfand im Juden Etwas wie die Widernatur selbst, gleichsam sein antipodisches Monstrum; in Rom galt der Jude „des Hasses gegen das ganze Menschengeschlecht *überführt*": mit Recht, sofern man ein Recht hat, das Heil und die Zukunft des Menschengeschlechts an die unbedingte Herrschaft der aristokratischen Werthe, der römischen Werthe anzuknüpfen. Was dagegen die Juden gegen Rom empfunden haben? Man erräth es aus tausend Anzeichen; aber es genügt, sich einmal wieder die Johanneische Apokalypse zu Gemüthe zu führen, jenen wüstesten aller geschriebenen Ausbrüche, welche die Rache auf dem Gewissen hat. (Unterschätze man übrigens die tiefe Folgerichtigkeit des christlichen Instinktes nicht, als er gerade dieses Buch des Hasses mit dem Namen des Jüngers der Liebe überschrieb, desselben, dem er jenes verliebt-schwärmerische Evangelium zu eigen gab –: darin steckt ein Stück Wahrheit, wie viel litterarische Falschmünzerei auch zu diesem Zwecke nöthig gewesen sein mag.) Die Römer waren ja die Starken und Vornehmen, wie sie stärker und vornehmer bisher auf Erden nie dagewesen, selbst niemals geträumt worden sind; jeder Überrest von ihnen, jede Inschrift entzückt, gesetzt, dass man erräth, *was* da schreibt. Die Juden umgekehrt waren jenes priesterliche Volk des Ressentiment par excellence, dem eine volksthümlich-moralische Genialität sonder Gleichen innewohnte: man vergleiche nur die verwandt-begabten Völker, etwa die Chinesen oder die Deutschen, mit den Juden, um nachzufühlen, was ersten und was fünften Ranges ist. Wer von ihnen einstweilen *gesiegt* hat, Rom oder Judäa? Aber es ist ja gar kein Zweifel: man erwäge doch, vor wem man sich heute in Rom selber als vor dem Inbegriff aller höchsten Werthe beugt – und nicht nur in Rom, sondern fast auf der halben Erde, überall wo nur der Mensch zahm geworden ist oder zahm werden will, – vor *drei Juden*, wie man weiss, und *Einer Jüdin* (vor Jesus von Nazareth, dem Fischer Petrus, dem Teppichwirker Paulus und der Mutter des anfangs genannten Jesus, genannt Maria). Dies ist sehr merkwürdig: Rom ist ohne allen Zweifel unterlegen. Allerdings gab es in der Renaissance ein glanzvoll-unheimliches Wiederaufwachen des klassischen Ideals, der vornehmen Werthungsweise aller Dinge: Rom selber bewegte sich wie ein aufgeweckter Scheintodter unter dem Druck des neuen, darüber gebauten judaisirten Rom, das den Aspekt einer ökumenischen Synagoge darbot und „Kirche" hiess: aber sofort triumphirte wieder Judäa, Dank jener gründlich pöbelhaften (deutschen und englischen) Ressentiments-Bewegung, welche man die Reformation nennt, hinzugerechnet, was aus ihr folgen musste, die Wiederherstellung der Kirche, – die Wiederherstellung auch der alten Grabesruhe des klassischen Rom. In einem sogar entscheidenderen und tieferen Sinne als damals kam Judäa noch einmal mit der französischen Revolution zum Siege über das klassische Ideal: die letzte politische Vornehmheit, die es in Europa gab, die des siebzehnten und achtzehnten *französischen* Jahrhunderts brach unter den volksthümlichen Ressentiments-Instinkten zusammen, – es wurde niemals auf Erden ein grösserer Jubel, eine lärmendere Begeisterung gehört! Zwar geschah mitten darin das Ungeheuerste, das Unerwartetste: das antike Ideal selbst trat *leibhaft* und mit unerhörter Pracht vor Auge und Gewissen der Menschheit, – und noch einmal, stärker, einfacher, eindringlicher als je, erscholl, gegenüber der alten Lügen-Losung des Ressentiment vom *Vorrecht der Meisten*, gegenüber dem Willen zur Niederung, zur Erniedrigung, zur Ausgleichung, zum Abwärts und Abendwärts des Menschen die furchtbare und entzückende Gegenlosung vom *Vorrecht der Wenigsten*! Wie ein letzter Fingerzeig zum *andren* Wege erschien Napoleon, jener einzelnste und spätestgeborne Mensch, den es jemals gab, und in ihm das fleischgewordne Problem des *vornehmen Ideals an sich* – man überlege wohl, *was* es für ein Problem ist: Napoleon, diese Synthesis von *Unmensch* und *Übermensch*...

17.

– War es damit vorbei? Wurde jener grösste aller Ideal-Gegensätze damit für alle Zeiten ad acta gelegt? Oder nur vertagt, auf lange vertagt?… Sollte es nicht irgendwann einmal ein noch viel furchtbareres, viel länger vorbereitetes Auflodern des alten Brandes geben müssen? Mehr noch: wäre nicht gerade *das* aus allen Kräften zu wünschen? selbst zu wollen? selbst zu fördern?… Wer an dieser Stelle anfängt, gleich meinen Lesern, nachzudenken, weiter zu denken, der wird schwerlich bald damit zu Ende kommen, – Grund genug für mich, selbst zu Ende zu kommen, vorausgesetzt, dass es längst zur Genüge klar geworden ist, was ich *will*, was ich gerade mit jener gefährlichen Losung will, welche meinem letzten Buche auf den Leib geschrieben ist: „*Jenseits von Gut und Böse*"… Dies heisst zum Mindesten *nicht* "Jenseits von Gut und Schlecht." – –

Anmerkung. Ich nehme die Gelegenheit wahr, welche diese Abhandlung mir giebt, um einen Wunsch öffentlich und förmlich auszudrücken, der von mir bisher nur in gelegentlichem Gespräche mit Gelehrten geäussert worden ist: dass nämlich irgend eine philosophische Fakultät sich durch eine Reihe akademischer Preisausschreiben um die Förderung *moral-historischer* Studien verdient machen möge: – vielleicht dient dies Buch dazu, einen kräftigen Anstoss gerade in solcher Richtung zu geben. In Hinsicht auf eine Möglichkeit dieser Art sei die nachstehende Frage in Vorschlag gebracht: sie verdient ebenso sehr die Aufmerksamkeit der Philologen und Historiker als die der eigentlichen Philosophie-Gelehrten von Beruf.

„*Welche Fingerzeige giebt die Sprachwissenschaft, insbesondere die etymologische Forschung, für die Entwicklungsgeschichte der moralischen Begriffe ab?*"

– Andrerseits ist es freilich ebenso nöthig, die Theilnahme der Physiologen und Mediciner für diese Probleme (vom *Werthe* der bisherigen Werthschätzungen) zu gewinnen: wobei es den Fach-Philosophen überlassen sein mag, auch in diesem einzelnen Falle die Fürsprecher und Vermittler zu machen, nachdem es ihnen im Ganzen gelungen ist, das ursprünglich so spröde, so misstrauische Verhältniss zwischen Philosophie, Physiologie und Medicin in den freundschaftlichsten und fruchtbringendsten Austausch umzugestalten. In der That bedürfen alle Gütertafeln, alle „du sollst", von denen die Geschichte oder die ethnologische Forschung weiss, zunächst der *physiologischen* Beleuchtung und Ausdeutung, eher jedenfalls noch als der psychologischen; alle insgleichen warten auf eine Kritik von seiten der medicinischen Wissenschaft. Die Frage: was ist diese oder jene Gütertafel und „Moral“ *werth*? will unter die verschiedensten Perspektiven gestellt sein; man kann namentlich das „werth *wozu*?“ nicht fein genug aus einander legen. Etwas zum Beispiel, das ersichtlich Werth hätte in Hinsicht auf möglichste Dauerfähigkeit einer Rasse (oder auf Steigerung ihrer Anpassungskräfte an ein bestimmtes Klima oder auf Erhaltung der grössten Zahl), hätte durchaus nicht den gleichen Werth, wenn es sich etwa darum handelte, einen stärkeren Typus herauszubilden. Das Wohl der Meisten und das Wohl der Wenigsten sind entgegengesetzte Werth-Gesichtspunkte: *an sich* schon den ersteren für den höherwerthigen zu halten, wollen wir der Naivetät englischer Biologen überlassen... *Alle* Wissenschaften haben nunmehr der Zukunfts-Aufgabe des Philosophen vorzuarbeiten: diese Aufgabe dahin verstanden, dass der Philosoph das *Problem vom Werthe* zu lösen hat, dass er die *Rangordnung der Werthe* zu bestimmen hat. –

Zweite Abhandlung: „Schuld“, „schlechtes Gewissen“ und Verwandtes

1.

Ein Thier heranzüchten, das *versprechen darf* – ist das nicht gerade jene paradoxe Aufgabe selbst, welche sich die Natur in Hinsicht auf den Menschen gestellt hat? ist es nicht das eigentliche Problem *vom* Menschen?... Dass dies Problem bis zu einem hohen Grad gelöst ist, muss Dem um so erstaunlicher erscheinen, der die entgegen wirkende Kraft, die der *Vergesslichkeit,* vollauf zu würdigen weiss. Vergesslichkeit ist keine blosse vis inertiae, wie die Oberflächlichen glauben, sie ist vielmehr ein aktives, im strengsten Sinne positives Hemmungsvermögen, dem es zuzuschreiben ist, dass was nur von uns erlebt, erfahren, in uns hineingenommen wird, uns im Zustande der Verdauung (man dürfte ihn „Einverseelung“ nennen) ebenso wenig in's Bewusstsein tritt, als der ganze tausendfältige Prozess, mit dem sich unsre leibliche Ernährung, die sogenannte „Einverleibung“ abspielt. Die Thüren und Fenster des Bewusstseins zeitweilig schliessen; von dem Lärm und Kampf, mit dem unsre Unterwelt von dienstbaren Organen für und gegen einander arbeitet, unbehelligt bleiben; ein wenig Stille, ein wenig tabula rasa des Bewusstseins, damit wieder Platz wird für Neues, vor Allem für die vornehmeren Funktionen und Funktionäre, für

Regieren, Voraussehn, Vorausbestimmen (denn unser Organismus ist oligarchisch eingerichtet) – das ist der Nutzen der, wie gesagt, aktiven Vergesslichkeit, einer Thürwärterin gleichsam, einer Aufrechterhalterin der seelischen Ordnung, der Ruhe, der Etiquette: womit sofort abzusehn ist, inwiefern es kein Glück, keine Heiterkeit, keine Hoffnung, keinen Stolz, keine *Gegenwart* geben könnte ohne Vergesslichkeit. Der Mensch, in dem dieser Hemmungsapparat beschädigt wird und aussetzt, ist einem Dyspeptiker zu vergleichen (und nicht nur zu vergleichen –) er wird mit Nichts „fertig"... Eben dieses nothwendig vergessliche Thier, an dem das Vergessen eine Kraft, eine Form der *starken* Gesundheit darstellt, hat sich nun ein Gegenvermögen angezüchtet, ein Gedächtniss, mit Hülfe dessen für gewisse Fälle die Vergesslichkeit ausgehängt wird, – für die Fälle nämlich, dass versprochen werden soll: somit keineswegs bloss ein passivisches Nicht-wieder-los-werden-können des einmal eingeritzten Eindrucks, nicht bloss die Indigestion an einem ein Mal verpfändeten Wort, mit dem man nicht wieder fertig wird, sondern ein aktives Nicht-wieder-los-werden-*wollen*, ein Fort- und Fortwollen des ein Mal Gewollten, ein eigentliches *Gedächtniss des Willens*: so dass zwischen das ursprüngliche „ich will" „ich werde thun" und die eigentliche Entladung des Willens, seinen *Akt*, unbedenklich eine Welt von neuen fremden Dingen, Umständen, selbst Willensakten dazwischengelegt werden darf, ohne dass diese lange Kette des Willens springt. Was setzt das aber Alles voraus! Wie muss der Mensch, um dermaassen über die Zukunft voraus zu verfügen, erst gelernt haben, das nothwendige vom zufälligen Geschehen scheiden, causal denken, das Ferne wie gegenwärtig sehn und vorwegnehmen, was Zweck ist, was Mittel dazu ist, mit Sicherheit ansetzen, überhaupt rechnen, berechnen können, – wie muss dazu der Mensch selbst vorerst *berechenbar, regelmässig, nothwendig* geworden sein, auch sich selbst für seine eigne Vorstellung, um endlich dergestalt, wie es ein Versprechender thut, für sich *als Zukunft* gut sagen zu können!

2.

Eben das ist die lange Geschichte von der Herkunft der *Verantwortlichkeit*. Jene Aufgabe, ein Thier heranzuzüchten, das versprechen darf, schliesst, wie wir bereits begriffen haben, als Bedingung und Vorbereitung die nähere Aufgabe in sich, den Menschen zuerst bis zu einem gewissen Grade nothwendig, einförmig, gleich unter Gleichen, regelmässig und folglich berechenbar zu *machen*. Die ungeheure Arbeit dessen, was von mir „Sittlichkeit der Sitte" genannt worden ist (vergl. Morgenröthe S. 7. 13. 16) – die eigentliche Arbeit des Menschen an sich selber in der längsten Zeitdauer des Menschengeschlechts, seine ganze *vorhistorische* Arbeit hat hierin ihren Sinn, ihre grosse Rechtfertigung, wie viel ihr auch von Härte, Tyrannei, Stumpfsinn und Idiotismus innewohnt: der Mensch wurde mit Hülfe der Sittlichkeit der Sitte und der socialen Zwangsjacke wirklich berechenbar *gemacht*. Stellen wir uns dagegen an's Ende des ungeheuren Prozesses, dorthin, wo der Baum endlich seine Früchte zeitigt, wo die Societät und ihre Sittlichkeit der Sitte endlich zu Tage bringt, *wozu* sie nur das Mittel war: so finden wir als reifste Frucht an ihrem Baum das *souveraine Individuum*, das nur sich selbst gleiche, das von der Sittlichkeit der Sitte wieder losgekommene, das autonome übersittliche Individuum (denn „autonom“ und „sittlich“ schliesst sich aus), kurz den Menschen des eignen unabhängigen langen Willens, der *versprechen darf* – und in ihm ein stolzes, in allen Muskeln zuckendes Bewusstsein davon, *was* da endlich errungen und in ihm leibhaft geworden ist, ein eigentliches Macht- und Freiheits-Bewusstsein, ein Vollendungs-Gefühl des Menschen überhaupt. Dieser Freigewordne, der wirklich versprechen *darf*, dieser Herr des *freien* Willens, dieser Souverain – wie sollte er es nicht wissen, welche Überlegenheit er damit vor Allem voraus hat, was nicht versprechen und für sich selbst gut sagen darf, wie viel Vertrauen, wie viel Furcht, wie viel Ehrfurcht er erweckt – er *„verdient“* alles Dreies – und wie ihm, mit dieser Herrschaft über sich, auch die Herrschaft über die Umstände, über die Natur und alle willenskürzeren und unzuverlässigeren Creaturen nothwendig in die Hand gegeben ist? Der „freie“ Mensch, der Inhaber eines langen unzerbrechlichen Willens, hat in diesem Besitz auch sein *Werthmaass*: von sich aus nach den Andern hinblickend, ehrt er oder verachtet er; und eben so nothwendig als er die ihm Gleichen, die Starken und Zuverlässigen (die welche versprechen *dürfen*) ehrt, – also Jedermann, der wie ein Souverain verspricht, schwer, selten, langsam, der mit seinem Vertrauen geizt, der *auszeichnet*, wenn er vertraut, der sein Wort giebt als Etwas, auf das Verlass ist, weil er sich stark genug weiss, es selbst gegen Unfälle, selbst „gegen das Schicksal“ aufrecht zu halten –: eben so nothwendig wird er seinen Fusstritt für die schmächtigen Windhunde bereit halten, welche versprechen, ohne es zu dürfen, und seine Zuchtruthe für den Lügner, der sein Wort bricht, im Augenblick schon, wo er es im Munde hat. Das stolze Wissen um das ausserordentliche Privilegium der *Verantwortlichkeit*, das Bewusstsein dieser seltenen Freiheit, dieser Macht über sich und das Geschick hat sich bei ihm bis in seine unterste Tiefe hinabgesenkt und ist zum Instinkt geworden, zum dominirenden Instinkt: – wie wird er ihn heissen, diesen dominirenden Instinkt, gesetzt, dass er ein Wort dafür bei sich nöthig hat? Aber es ist kein Zweifel: dieser souveraine Mensch heisst ihn sein *Gewissen*...

3.

Sein Gewissen?... Es lässt sich voraus errathen, dass der Begriff „Gewissen", dem wir hier in seiner höchsten, fast befremdlichen Ausgestaltung begegnen, bereits eine lange Geschichte und Form-Verwandlung hinter sich hat. Für sich gut sagen dürfen und mit Stolz, also auch zu sich *Ja sagen dürfen* – das ist, wie gesagt, eine reife Frucht, aber auch eine *späte* Frucht: – wie lange musste diese Frucht herb und sauer am Baume hängen! Und eine noch viel längere Zeit war von einer solchen Frucht gar nichts zu sehn, – Niemand hätte sie versprechen dürfen, so gewiss auch Alles am Baume vorbereitet und gerade auf sie hin im Wachsen war! – „Wie macht man dem Menschen-Thiere ein Gedächtniss? Wie prägt man diesem theils stumpfen, theils faseligen Augenblicks-Verstande, dieser leibhaften Vergesslichkeit Etwas so ein, dass es gegenwärtig bleibt?"... Dies uralte Problem ist, wie man denken kann, nicht gerade mit zarten Antworten und Mitteln gelöst worden; vielleicht ist sogar nichts furchtbarer und unheimlicher an der ganzen Vorgeschichte des Menschen, als seine *Mnemotechnik*. „Man brennt Etwas ein, damit es im Gedächtniss bleibt: nur was nicht aufhört, *weh zu thun*, bleibt im Gedächtniss" – das ist ein Hauptsatz aus der allerältesten (leider auch allerlängsten) Psychologie auf Erden. Man möchte selbst sagen, dass es überall, wo es jetzt noch auf Erden Feierlichkeit, Ernst, Geheimniss, düstere Farben im Leben von Mensch und Volk giebt, Etwas von der Schrecklichkeit *nachwirkt*, mit der ehemals überall auf Erden versprochen, verpfändet, gelobt worden ist: die Vergangenheit, die längste tiefste härteste Vergangenheit, haucht uns an und quillt in uns herauf, wenn wir „ernst" werden. Es gieng niemals ohne Blut, Martern, Opfer ab, wenn der Mensch es nöthig hielt, sich ein Gedächtniss zu machen; die schauerlichsten Opfer und Pfänder (wohin die Erstlingsopfer gehören), die widerlichsten Verstümmelungen (zum Beispiel die Castrationen), die grausamsten Ritualformen aller religiösen Culte (und alle Religionen sind auf dem untersten Grunde Systeme von Grausamkeiten) – alles Das hat in jenem Instinkte seinen Ursprung, welcher im Schmerz das mächtigste Hülfsmittel der Mnemonik errieth. In einem gewissen Sinne gehört die ganze Asketik hierher: ein paar Ideen sollen unauslöschlich, allgegenwärtig, unvergessbar, „fix" gemacht werden, zum Zweck der Hypnotisirung des ganzen nervösen und intellektuellen Systems durch diese „fixen Ideen" – und die asketischen Prozeduren und Lebensformen sind Mittel dazu, um jene Ideen aus der Concurrenz mit allen übrigen Ideen zu lösen, um sie „unvergesslich“ zu machen. Je schlechter die Menschheit „bei Gedächtniss“ war, um so furchtbarer ist immer der Aspekt ihrer Bräuche; die Härte der Strafgesetze giebt in Sonderheit einen Maassstab dafür ab, wie viel Mühe sie hatte, gegen die Vergesslichkeit zum Sieg zu kommen und ein paar primitive Erfordernisse des socialen Zusammenlebens diesen Augenblicks-Sklaven des Affekts und der Begierde *gegenwärtig* zu erhalten. Wir Deutschen betrachten uns gewiss nicht als ein besonders grausames und hartherziges Volk, noch weniger als besonders leichtfertig und in-den-Tag-hineinleberisch; aber man sehe nur unsre alten Strafordnungen an, um dahinter zu kommen, was es auf Erden für Mühe hat, ein „Volk von Denkern“ heranzuzüchten (will sagen: *das* Volk Europa's, unter dem auch heute noch das Maximum von Zutrauen, Ernst, Geschmacklosigkeit und Sachlichkeit zu finden ist und das mit diesen Eigenschaften ein Anrecht darauf hat, alle Art von Mandarinen Europa's heran zu züchten). Diese Deutschen haben sich mit furchtbaren Mitteln ein Gedächtniss gemacht, um über ihre pöbelhaften Grund-Instinkte und deren brutale Plumpheit Herr zu werden: man denke an die alten deutschen Strafen, zum Beispiel an das Steinigen (– schon die Sage lässt den Mühlstein auf das Haupt des Schuldigen fallen), das Rädern (die eigenste Erfindung und Spezialität des deutschen Genius im Reich der Strafe!), das Werfen mit dem Pfahle, das Zerreissen- oder Zertretenlassen durch Pferde (das „Viertheilen“), das Sieden des Verbrechers in Öl oder Wein (noch im vierzehnten und fünfzehnten Jahrhundert), das beliebte Schinden („Riemenschneiden“), das Herausschneiden des Fleisches aus der Brust; auch wohl dass man den Übelthäter mit Honig bestrich und bei brennender Sonne den Fliegen überliess. Mit Hülfe solcher Bilder und Vorgänge behält man endlich fünf, sechs „ich will nicht“ im Gedächtnisse, in Bezug auf welche man sein *Versprechen* gegeben hat, um unter den Vortheilen der Societät zu leben, – und wirklich! mit Hülfe dieser Art von Gedächtniss kam man endlich „zur Vernunft“! – Ah, die Vernunft, der Ernst, die Herrschaft über die Affekte, diese ganze düstere Sache, welche Nachdenken heisst, alle diese Vorrechte und Prunkstücke des Menschen: wie theuer haben sie sich bezahlt gemacht! wie viel Blut und Grausen ist auf dem Grunde aller „guten Dinge“!...

4.

Aber wie ist denn jene andre „düstre Sache“, das Bewusstsein der Schuld, das ganze „schlechte Gewissen“ auf die Welt gekommen? – Und hiermit kehren wir zu unsern Genealogen der Moral zurück. Nochmals gesagt – oder habe ich's noch gar nicht gesagt? – sie taugen nichts. Eine fünf Spannen lange eigne, bloss „moderne“ Erfahrung; kein Wissen, kein Wille zum Wissen des Vergangnen; noch weniger ein historischer Instinkt, ein hier gerade nöthiges „zweites Gesicht“ – und dennoch Geschichte der Moral treiben: das muss billigerweise mit Ergebnissen enden, die zur Wahrheit in einem nicht bloss spröden Verhältnisse stehn. Haben sich diese bisherigen Genealogen der Moral auch nur von Ferne Etwas davon träumen lassen, dass zum Beispiel jener moralische Hauptbegriff „Schuld“ seine Herkunft aus dem sehr materiellen Begriff „Schulden“ genommen hat? Oder dass die Strafe als eine *Vergeltung* sich vollkommen abseits von jeder Voraussetzung über Freiheit oder Unfreiheit des Willens entwickelt hat? – und dies bis zu dem Grade, dass es vielmehr immer erst einer *hohen* Stufe der Vermenschlichung bedarf, damit das Thier „Mensch“ anfängt, jene viel primitiveren Unterscheidungen „absichtlich“ „fahrlässig“ „zufällig“ „zurechnungsfähig“ und deren Gegensätze zu machen und bei der Zumessung der Strafe in Anschlag zu bringen. Jener jetzt so wohlfeile und scheinbar so natürliche, so unvermeidliche Gedanke, der wohl gar zur Erklärung, wie überhaupt das Gerechtigkeitsgefühl auf Erden zu Stande gekommen ist, hat herhalten müssen, „der Verbrecher verdient Strafe, *weil* er hätte anders handeln können“ ist thatsächlich eine überaus spät erreichte, ja raffinirte Form des menschlichen Urtheilens und Schliessens; wer sie in die Anfänge verlegt, vergreift sich mit groben Fingern an der Psychologie der älteren Menschheit. Es ist die längste Zeit der menschlichen Geschichte hindurch durchaus *nicht* gestraft worden, *weil* man den Übelanstifter für seine That verantwortlich machte, also *nicht* unter der Voraussetzung, dass nur der Schuldige zu strafen sei: – vielmehr, so wie jetzt noch Eltern ihre Kinder strafen, aus Zorn über einen erlittenen Schaden, der sich am Schädiger auslässt, – dieser Zorn aber in Schranken gehalten und modifizirt durch die Idee, dass jeder Schaden irgend worin sein *Äquivalent* habe und wirklich abgezahlt werden könne, sei es selbst durch einen *Schmerz* des Schädigers. Woher diese uralte, tiefgewurzelte, vielleicht jetzt nicht mehr ausrottbare Idee ihre Macht genommen hat, die Idee einer Äquivalenz von Schaden und Schmerz? Ich habe es bereits verrathen: in dem Vertragsverhältniss zwischen *Gläubiger* und *Schuldner*, das so alt ist als es überhaupt

„Rechtssubjekte" giebt und seinerseits wieder auf die Grundformen von Kauf, Verkauf, Tausch, Handel und Wandel zurückweist.

5.

Die Vergegenwärtigung dieser Vertragsverhältnisse weckt allerdings, wie es nach dem Voraus-Bemerkten von vornherein zu erwarten steht, gegen die ältere Menschheit, die sie schuf oder gestattete, mancherlei Verdacht und Widerstand. Hier gerade wird *versprochen*; hier gerade handelt es sich darum, Dem, der verspricht, ein Gedächtniss zu *machen*; hier gerade, so darf man argwöhnen, wird eine Fundstätte für Hartes, Grausames, Peinliches sein. Der Schuldner, um Vertrauen für sein Versprechen der Zurückbezahlung einzuflössen, um eine Bürgschaft für den Ernst und die Heiligkeit seines Versprechens zu geben, um bei sich selbst die Zurückbezahlung als Pflicht, Verpflichtung seinem Gewissen einzuschärfen, verpfändet Kraft eines Vertrags dem Gläubiger für den Fall, dass er nicht zahlt, Etwas, das er sonst noch „besitzt", über das er sonst noch Gewalt hat, zum Beispiel seinen Leib oder sein Weib oder seine Freiheit oder auch sein Leben (oder, unter bestimmten religiösen Voraussetzungen, selbst seine Seligkeit, sein Seelen-Heil, zuletzt gar den Frieden im Grabe: so in Ägypten, wo der Leichnam des Schuldners auch im Grabe vor dem Gläubiger keine Ruhe fand, – es hatte allerdings gerade bei den Ägyptern auch etwas auf sich mit dieser Ruhe). Namentlich aber konnte der Gläubiger dem Leibe des Schuldners alle Arten Schmach und Folter anthun, zum Beispiel so viel davon herunterschneiden als der Grösse der Schuld angemessen schien: – und es gab frühzeitig und überall von diesem Gesichtspunkte aus genaue, zum Theil entsetzlich in's Kleine und Kleinste gehende Abschätzungen, *zu Recht* bestehende Abschätzungen der einzelnen Glieder und Körperstellen. Ich nehme es bereits als Fortschritt, als Beweis freierer, grösser rechnender, *römischerer* Rechtsauffassung, wenn die Zwölftafel-Gesetzgebung Rom's dekretierte, es sei gleichgültig, wie viel oder wie wenig die Gläubiger in einem solchen Falle herunterschnitten „si plus minusve secuerunt, ne fraude esto". Machen wir uns die Logik dieser ganzen Ausgleichungsform klar: sie ist fremdartig genug. Die Äquivalenz ist damit gegeben, dass an Stelle eines gegen den Schaden direkt aufkommenden Vortheils (also an Stelle eines Ausgleichs in Geld, Land, Besitz irgend welcher Art) dem Gläubiger eine Art *Wohlgefühl* als Rückzahlung und Ausgleich zugestanden wird, – das Wohlgefühl, seine Macht an einem Machtlosen unbedenklich auslassen zu dürfen, die Wollust „de faire le mal pour le plaisir de le faire", der Genuss in der Vergewaltigung: als welcher

Genuss um so höher geschätzt wird, je tiefer und niedriger der Gläubiger in der Ordnung der Gesellschaft steht, und leicht ihm als köstlichster Bissen, ja als Vorgeschmack eines höheren Rangs erscheinen kann. Vermittelst der „Strafe“ am Schuldner nimmt der Gläubiger an einem *Herren-Rechte* theil: endlich kommt auch er ein Mal zu dem erhebenden Gefühle, ein Wesen als ein „Unter-sich“ verachten und misshandeln zu dürfen – oder wenigstens, im Falle die eigentliche Strafgewalt, der Strafvollzug schon an die „Obrigkeit“ übergegangen ist, es verachtet und misshandelt zu *sehen*. Der Ausgleich besteht also in einem Anweis und Anrecht auf Grausamkeit. –

6.

In *dieser* Sphäre, im Obligationen-Rechte also, hat die moralische Begriffswelt „Schuld“, „Gewissen“, „Pflicht“, „Heiligkeit der Pflicht“ ihren Entstehungsheerd, – ihr Anfang ist, wie der Anfang alles Grossen auf Erden, gründlich und lange mit Blut begossen worden. Und dürfte man nicht hinzufügen, dass jene Welt im Grunde einen gewissen Geruch von Blut und Folter niemals wieder ganz eingebüsst habe? (selbst beim alten Kant nicht: der kategorische Imperativ riecht nach Grausamkeit...) Hier ebenfalls ist jene unheimliche und vielleicht unlösbar gewordne Ideen-Verhäkelung „Schuld und Leid“ zuerst eingehäkelt worden. Nochmals gefragt: in wiefern kann Leiden eine Ausgleichung von „Schulden“ sein? Insofern Leiden-*machen* im höchsten Grade wohl that, insofern der Geschädigte für den Nachtheil, hinzugerechnet die Unlust über den Nachtheil, einen ausserordentlichen Gegen-Genuss eintauschte: das Leiden-*machen*, – ein eigentliches *Fest*, Etwas, das, wie gesagt, um so höher im Preise stand, je mehr es dem Range und der gesellschaftlichen Stellung des Gläubigers widersprach. Dies vermuthungsweise gesprochen: denn solchen unterirdischen Dingen ist schwer auf den Grund zu sehn, abgesehn davon, dass es peinlich ist; und wer hier den Begriff der „Rache“ plump dazwischen wirft, hat sich den Einblick eher noch verdeckt und verdunkelt, als leichter gemacht (– Rache selbst führt ja eben auf das gleiche Problem zurück: „wie kann Leiden-machen eine Genugthuung sein?“). Es widersteht, wie mir scheint, der Delikatesse, noch mehr der Tartüfferie zahmer Hausthiere (will sagen moderner Menschen, will sagen uns), es sich in aller Kraft vorstellig zu machen, bis zu welchem Grade die *Grausamkeit* die grosse Festfreude der älteren Menschheit ausmacht, ja als Ingredienz fast jeder ihrer Freuden zugemischt ist; wie naiv andrerseits, wie unschuldig ihr Bedürfniss nach Grausamkeit auftritt, wie grundsätzlich gerade die „uninteressirte Bosheit“ (oder, mit Spinoza zu reden, die sympathia malevolens) von ihr als *normale* Eigenschaft des Menschen angesetzt wird –: somit als Etwas, zu dem das Gewissen herzhaft *Ja* sagt! Für ein tieferes Auge wäre vielleicht auch jetzt noch genug von dieser ältesten und gründlichsten Festfreude des Menschen wahrzunehmen; in „Jenseits von Gut und Böse" S. 117 ff. (früher schon in der „Morgenröthe" S. 17. 68. 102) habe ich mit vorsichtigem Finger auf die immer wachsende Vergeistigung und „Vergöttlichung" der Grausamkeit hingezeigt, welche sich durch die ganze Geschichte der höheren Cultur hindurchzieht (und, in einem bedeutenden Sinne genommen, sie sogar ausmacht). Jedenfalls ist es noch nicht zu lange her, dass man sich fürstliche Hochzeiten und Volksfeste grössten Stils ohne Hinrichtungen, Folterungen oder etwa ein Autodafé nicht zu denken wusste, insgleichen keinen vornehmen Haushalt ohne Wesen, an denen man unbedenklich seine Bosheit und grausame Neckerei auslassen konnte (– man erinnere sich etwa Don Quixote's am Hofe der Herzogin: wir lesen heute den ganzen Don Quixote mit einem bittren Geschmack auf der Zunge, fast mit einer Tortur und würden damit seinem Urheber und dessen Zeitgenossen sehr fremd, sehr dunkel sein, – sie lasen ihn mit allerbestem Gewissen als das heiterste der Bücher, sie lachten sich an ihm fast zu Tod). Leiden-sehn thut wohl, Leiden-machen noch wohler – das ist ein harter Satz, aber ein alter mächtiger menschlich-allzumenschlicher Hauptsatz, den übrigens vielleicht auch schon die Affen unterschreiben würden: denn man erzählt, dass sie im Ausdenken von bizarren Grausamkeiten den Menschen bereits reichlich ankündigen und gleichsam „vorspielen". Ohne Grausamkeit kein Fest: so lehrt es die älteste, längste Geschichte des Menschen – und auch an der Strafe ist so viel *Festliches*! –

7.

– Mit diesen Gedanken, nebenbei gesagt, bin ich durchaus nicht Willens, unsren Pessimisten zu neuem Wasser auf ihre misstönigen und knarrenden Mühlen des Lebensüberdrusses zu verhelfen; im Gegentheil soll ausdrücklich bezeugt sein, dass damals, als die Menschheit sich ihrer Grausamkeit noch nicht schämte, das Leben heiterer auf Erden war als jetzt, wo es Pessimisten giebt. Die Verdüsterung des Himmels über dem Menschen hat immer im Verhältniss dazu überhand genommen, als die Scham des Menschen *vor dem Menschen* gewachsen ist. Der müde pessimistische Blick, das Misstrauen zum Räthsel des Lebens, das eisige Nein des Ekels am Leben – das sind nicht die Abzeichen der *bösesten* Zeitalter des Menschengeschlechts: sie treten vielmehr erst an das Tageslicht, als die Sumpfpflanzen, die sie sind, wenn der Sumpf da ist, zu dem sie gehören, – ich meine die krankhafte Verzärtlichung und Vermoralisirung, vermöge deren das Gethier „Mensch" sich schliesslich aller seiner Instinkte schämen lernt. Auf dem Wege zum „Engel" (um hier nicht ein härteres Wort zu gebrauchen) hat sich der Mensch jenen verdorbenen Magen und jene belegte Zunge angezüchtet, durch die ihm nicht nur die Freude und Unschuld des Thiers widerlich, sondern das Leben selbst unschmackhaft geworden ist: – so dass er mitunter vor sich selbst mit zugehaltener Nase dasteht und mit Papst Innocenz dem Dritten missbilligend den Katalog seiner Widerwärtigkeiten macht („unreine Erzeugung, ekelhafte Ernährung im Mutterleibe, Schlechtigkeit des Stoffs, aus dem der Mensch sich entwickelt, scheusslicher Gestank, Absonderung von Speichel, Urin und Koth"). Jetzt, wo das Leiden immer als erstes unter den Argumenten *gegen* das Dasein aufmarschieren muss, als dessen schlimmstes Fragezeichen, thut man gut, sich der Zeiten zu erinnern, wo man umgekehrt urtheilte, weil man das Leiden-*machen* nicht entbehren mochte und in ihm einen Zauber ersten Rangs, einen eigentlichen Verführungs-Köder *zum* Leben sah. Vielleicht that damals – den Zärtlingen zum Trost gesagt – der Schmerz noch nicht so weh wie heute; wenigstens wird ein Arzt so schliessen dürfen, der Neger (diese als Repräsentanten des vorgeschichtlichen Menschen genommen –) bei schweren inneren Entzündungsfällen behandelt hat, welche auch den bestorganisirten Europäer fast zur Verzweiflung bringen; – bei Negern thun sie dies *nicht*. (Die Curve der menschlichen Schmerzfähigkeit scheint in der That ausserordentlich und fast plötzlich zu sinken, sobald man erst die oberen Zehn-Tausend oder Zehn-Millionen der Übercultur hinter sich hat; und ich für meine Person zweifle nicht, dass, gegen Eine schmerzhafte Nacht eines einzigen hysterischen Bildungs-Weibchens gehalten, die Leiden aller Thiere insgesammt, welche bis jetzt zum Zweck wissenschaftlicher Antworten mit dem Messer befragt worden sind, einfach nicht in Betracht kommen.) Vielleicht ist es sogar erlaubt, die Möglichkeit zuzulassen, dass auch jene Lust an der Grausamkeit eigentlich nicht ausgestorben zu sein brauchte: nur bedürfte sie, im Verhältniss dazu, wie heute der Schmerz mehr weh thut, einer gewissen Sublimirung und Subtilisirung, sie müsste namentlich in's Imaginative und Seelische übersetzt auftreten und geschmückt mit lauter so unbedenklichen Namen, dass von ihnen her auch dem zartesten hypokritischen Gewissen kein Verdacht kommt (das „tragische Mitleiden" ist ein solcher Name; ein andrer ist „les nostalgies de la croix"). Was eigentlich gegen das Leiden empört, ist nicht das Leiden an sich, sondern das Sinnlose des Leidens: aber weder für den Christen, der in das Leiden eine ganze geheime Heils-Maschinerie hineininterpretirt hat, noch für den naiven Menschen älterer Zeiten, der alles Leiden sich in Hinsicht auf Zuschauer oder auf Leiden-Macher auszulegen verstand, gab es überhaupt ein solches *sinnloses* Leiden. Damit das verborgne, unentdeckte, zeugenlose Leiden aus der Welt geschafft und ehrlich negirt werden konnte, war man damals beinahe dazu genöthigt, Götter zu erfinden und Zwischenwesen aller Höhe und Tiefe, kurz Etwas, das auch im Verborgnen schweift, das auch im Dunklen sieht und das sich nicht leicht ein interessantes schmerzhaftes Schauspiel entgehen lässt. Mit Hülfe solcher Erfindungen nämlich verstand sich damals das Leben auf das Kunststück, auf das es sich immer verstanden hat, sich selbst zu rechtfertigen, sein „Übel" zu rechtfertigen; jetzt bedürfte es vielleicht dazu andrer Hülfs-Erfindungen (zum Beispiel Leben als Räthsel, Leben als Erkenntnissproblem). „Jedes Übel ist gerechtfertigt, an dessen Anblick ein Gott sich erbaut": so klang die vorzeitliche Logik des Gefühls – und wirklich, war es nur die vorzeitliche? Die Götter als Freunde *grausamer* Schauspiele gedacht – oh wie weit ragt diese uralte Vorstellung selbst noch in unsre europäische Vermenschlichung hinein! man mag hierüber etwa mit Calvin und Luther zu Rathe gehn. Gewiss ist jedenfalls, dass noch die *Griechen* ihren Göttern keine angenehmere Zukost zu ihrem Glücke zu bieten wussten, als die Freuden der Grausamkeit. Mit welchen Augen glaubt ihr denn, dass Homer seine Götter auf die Schicksale der Menschen niederblicken liess? Welchen letzten Sinn hatten im Grunde trojanische Kriege und ähnliche tragische Furchtbarkeiten? Man kann gar nicht daran zweifeln: sie waren als *Festspiele* für die Götter gemeint: und, insofern der Dichter darin mehr als die übrigen Menschen „göttlich" geartet ist, wohl auch als Festspiele für die Dichter... Nicht anders dachten sich später die Moral-Philosophen Griechenlands die Augen Gottes noch auf das moralische Ringen, auf den Heroismus und die Selbstquälerei des Tugendhaften herabblicken: der „Herakles der Pflicht" war auf einer Bühne, er wusste sich auch darauf; die Tugend ohne Zeugen war für dies Schauspieler-Volk etwas ganz Undenkbares. Sollte nicht jene so verwegene, so verhängnissvolle Philosophen-Erfindung, welche damals zuerst für Europa gemacht wurde, die vom „freien Willen", von der absoluten Spontaneität des Menschen im Guten und im Bösen, nicht vor Allem gemacht sein, um sich ein Recht zu der Vorstellung zu schaffen, dass das Interesse der Götter am Menschen, an der menschlichen Tugend *sich nie erschöpfen könne*? Auf dieser Erden-Bühne sollte es niemals an wirklich Neuem, an wirklich unerhörten Spannungen, Verwicklungen, Katastrophen gebrechen: eine vollkommen deterministisch gedachte Welt würde für Götter errathbar und folglich in Kürze auch ermüdend gewesen sein, – Grund genug für diese *Freunde der Götter*, die Philosophen, ihren Göttern eine solche deterministische Welt nicht zuzumuthen! Die ganze antike Menschheit ist voll von zarten Rücksichten auf „den Zuschauer", als eine wesentlich öffentliche, wesentlich augenfällige Welt, die sich das Glück nicht ohne Schauspiele und Feste zu denken wusste. – Und, wie schon gesagt, auch an der grossen *Strafe* ist so viel Festliches!...

8.

Das Gefühl der Schuld, der persönlichen Verpflichtung, um den Gang unsrer Untersuchung wieder aufzunehmen, hat, wie wir sahen, seinen Ursprung in dem ältesten und ursprünglichsten Personen-Verhältniss, das es giebt, gehabt, in dem Verhältniss zwischen Käufer und Verkäufer, Gläubiger und Schuldner: hier trat zuerst Person gegen Person, hier *mass sich* zuerst Person an Person. Man hat keinen noch so niedren Grad von Civilisation aufgefunden, in dem nicht schon Etwas von diesem Verhältnisse bemerkbar würde. Preise machen, Werthe abmessen, Äquivalente ausdenken, tauschen – das hat in einem solchen Maasse das allererste Denken des Menschen präoccupirt, dass es in einem gewissen Sinne *das* Denken ist: hier ist die älteste Art Scharfsinn herangezüchtet worden, hier möchte ebenfalls der erste Ansatz des menschlichen Stolzes, seines Vorrangs-Gefühls in Hinsicht auf anderes Gethier zu vermuthen sein. Vielleicht drückt noch unser Wort „Mensch" (manas) gerade etwas von *diesem* Selbstgefühl aus: der Mensch bezeichnete sich als das Wesen, welches Werthe misst, werthet und misst, als das „abschätzende Thier an sich". Kauf und Verkauf, sammt ihrem psychologischen Zubehör, sind älter als selbst die Anfänge irgend welcher gesellschaftlichen Organisationsformen und Verbände: aus der rudimentärsten Form des Personen-Rechts hat sich vielmehr das keimende Gefühl von Tausch, Vertrag, Schuld, Recht, Verpflichtung, Ausgleich erst auf die gröbsten und anfänglichsten Gemeinschafts-Complexe (in deren Verhältniss zu ähnlichen Complexen) *übertragen*, zugleich mit der Gewohnheit, Macht an Macht zu vergleichen, zu messen, zu berechnen. Das Auge war nun einmal für diese Perspektive eingestellt: und mit jener plumpen Consequenz, die dem schwerbeweglichen, aber dann unerbittlich in gleicher Richtung weitergehenden Denken der älteren Menschheit eigenthümlich ist, langte man alsbald bei der grossen Verallgemeinerung an „jedes Ding hat seinen Preis; *Alles* kann abgezahlt werden" – dem ältesten und naivsten Moral-Kanon der *Gerechtigkeit*, dem Anfange aller „Gutmüthigkeit", aller „Billigkeit", alles

„guten Willens“, aller „Objektivität“ auf Erden. Gerechtigkeit auf dieser ersten Stufe ist der gute Wille unter ungefähr Gleichmächtigen, sich mit einander abzufinden, sich durch einen Ausgleich wieder zu „verständigen“ – und, in Bezug auf weniger Mächtige, diese unter sich zu einem Ausgleich zu *zwingen*. –

9.

Immer mit dem Maasse der Vorzeit gemessen (welche Vorzeit übrigens zu allen Zeiten da ist oder wieder möglich ist): so steht auch das Gemeinwesen zu seinen Gliedern in jenem wichtigen Grundverhältnisse, dem des Gläubigers zu seinen Schuldnern. Man lebt in einem Gemeinwesen, man geniesst die Vortheile eines Gemeinwesens (oh was für Vortheile! wir unterschätzen es heute mitunter), man wohnt geschützt, geschont, im Frieden und Vertrauen, sorglos in Hinsicht auf gewisse Schädigungen und Feindseligkeiten, denen der Mensch *ausserhalb*, der „Friedlose“, ausgesetzt ist – ein Deutscher versteht, was „Elend“, êlend ursprünglich besagen will –, wie man sich gerade in Hinsicht auf diese Schädigungen und Feindseligkeiten der Gemeinde verpfändet und verpflichtet hat. Was wird im *andren Fall* geschehn? Die Gemeinschaft, der getäuschte Gläubiger, wird sich bezahlt machen, so gut er kann, darauf darf man rechnen. Es handelt sich hier am wenigsten um den unmittelbaren Schaden, den der Schädiger angestiftet hat: von ihm noch abgesehn, ist der Verbrecher vor allem ein „Brecher“, ein Vertrags- und Wortbrüchiger *gegen das Ganze*, in Bezug auf alle Güter und Annehmlichkeiten des Gemeinlebens, an denen er bis dahin Antheil gehabt hat. Der Verbrecher ist ein Schuldner, der die ihm erwiesenen Vortheile und Vorschüsse nicht nur nicht zurückzahlt, sondern sich sogar an seinem Gläubiger vergreift: daher geht er von nun an, wie billig, nicht nur aller dieser Güter und Vortheile verlustig, – er wird vielmehr jetzt daran erinnert, *was es mit diesen Gütern auf sich hat*. Der Zorn des geschädigten Gläubigers, des Gemeinwesens giebt ihn dem wilden und vogelfreien Zustande wieder zurück, vor dem er bisher behütet war: es stösst ihn von sich, – und nun darf sich jede Art Feindseligkeit an ihm auslassen. Die „Strafe“ ist auf dieser Stufe der Gesittung einfach das Abbild, der *Mimus* des normalen Verhaltens gegen den gehassten, wehrlos gemachten, niedergeworfnen Feind, der nicht nur jedes Rechtes und Schutzes, sondern auch jeder Gnade verlustig gegangen ist; also das Kriegsrecht und Siegesfest des vae victis! in aller Schonungslosigkeit und Grausamkeit: – woraus es sich erklärt, dass der Krieg selbst (eingerechnet der kriegerische Opferkult) alle die *Formen* hergegeben hat, unter denen die Strafe in der Geschichte auftritt.

10.

Mit erstarkender Macht nimmt ein Gemeinwesen die Vergehungen des Einzelnen nicht mehr so wichtig, weil sie ihm nicht mehr in gleichem Maasse wie früher für das Bestehn des Ganzen als gefährlich und umstürzend gelten dürfen: der Übelthäter wird nicht mehr „friedlos gelegt" und ausgestossen, der allgemeine Zorn darf sich nicht mehr wie früher dermaassen zügellos an ihm auslassen, – vielmehr wird von nun an der Übelthäter gegen diesen Zorn, sonderlich den der unmittelbar Geschädigten, vorsichtig von Seiten des Ganzen vertheidigt und in Schutz genommen. Der Compromiss mit dem Zorn der zunächst durch die Übelthat Betroffenen; ein Bemühen darum, den Fall zu lokalisiren und einer weiteren oder gar allgemeinen Betheiligung und Beunruhigung vorzubeugen; Versuche, Äquivalente zu finden und den ganzen Handel beizulegen (die compositio); vor allem der immer bestimmter auftretende Wille, jedes Vergehn als in irgend einem Sinne *abzahlbar* zu nehmen, also, wenigstens bis zu einem gewissen Maasse, den Verbrecher und seine That von einander zu *isoliren* – das sind die Züge, die der ferneren Entwicklung des Strafrechts immer deutlicher aufgeprägt sind. Wächst die Macht und das Selbstbewusstsein eines Gemeinwesens, so mildert sich immer auch das Strafrecht; jede Schwächung und tiefere Gefährdung von jenem bringt dessen härtere Formen wieder an's Licht. Der „Gläubiger" ist immer in dem Grade menschlicher geworden, als er reicher geworden ist; zuletzt ist es selbst das *Maass* seines Reichthums, wie viel Beeinträchtigung er aushalten kann, ohne daran zu leiden. Es wäre ein *Machtbewusstsein* der Gesellschaft nicht undenkbar, bei dem sie sich den vornehmsten Luxus gönnen dürfte, den es für sie giebt, – ihren Schädiger *straflos* zu lassen. „Was gehen mich eigentlich meine Schmarotzer an? dürfte sie dann sprechen. Mögen sie leben und gedeihen: dazu bin ich noch stark genug!"... Die Gerechtigkeit, welche damit anhob „Alles ist abzahlbar, Alles muss abgezahlt werden", endet damit, durch die Finger zu sehn und den Zahlungsunfähigen laufen zu lassen, – sie endet wie jedes gute Ding auf Erden, *sich selbst aufhebend*. Diese Selbstaufhebung der Gerechtigkeit: man weiss, mit welch schönem Namen sie sich nennt – *Gnade*; sie bleibt, wie sich von selbst versteht, das Vorrecht des Mächtigsten, besser noch, sein Jenseits des Rechts.

11.

– Hier ein ablehnendes Wort gegen neuerdings hervorgetretene Versuche, den Ursprung der Gerechtigkeit auf einem ganz andren Boden zu suchen, – nämlich auf dem des Ressentiment. Den Psychologen voran in's Ohr gesagt, gesetzt dass sie Lust haben sollten, das Ressentiment selbst einmal aus der Nähe zu studieren: diese Pflanze blüht jetzt am schönsten unter Anarchisten und Antisemiten, übrigens so wie sie immer geblüht hat, im Verborgnen, dem Veilchen gleich, wenn schon mit andrem Duft. Und wie aus Gleichem nothwendig immer Gleiches hervorgehn muss, so wird es nicht überraschen, gerade wieder aus solchen Kreisen Versuche hervorgehen zu sehn, wie sie schon öfter dagewesen sind – vergleiche oben Seite 30 –, die *Rache* unter dem Namen der *Gerechtigkeit* zu heiligen – wie als ob Gerechtigkeit im Grunde nur eine Fortentwicklung vom Gefühle des Verletzt-seins wäre – und mit der Rache die *reaktiven* Affekte überhaupt und allesammt nachträglich zu Ehren zu bringen. An Letzterem selbst würde ich am wenigsten Anstoss nehmen: es schiene mir sogar in Hinsicht auf das ganze biologische Problem (in Bezug auf welches der Werth jener Affekte bisher unterschätzt worden ist) ein *Verdienst*. Worauf ich allein aufmerksam mache, ist der Umstand, dass es der Geist des Ressentiment selbst ist, aus dem diese neue Nuance von wissenschaftlicher Billigkeit (zu Gunsten von Hass, Neid, Missgunst, Argwohn, Rancune, Rache) herauswächst. Diese „wissenschaftliche Billigkeit" nämlich pausirt sofort und macht Accenten tödtlicher Feindschaft und Voreingenommenheit Platz, sobald es sich um eine andre Gruppe von Affekten handelt, die, wie mich dünkt, von einem noch viel höheren biologischen Werthe sind, als jene reaktiven, und folglich erst recht verdienten, *wissenschaftlich* abgeschätzt und hochgeschätzt zu werden: nämlich die eigentlich *aktiven* Affekte, wie Herrschsucht, Habsucht und dergleichen. (E. Dühring, Werth des Lebens; Cursus der Philosophie; im Grunde überall.) So viel gegen diese Tendenz im Allgemeinen: was aber gar den einzelnen Satz Dühring's angeht, dass die Heimat der Gerechtigkeit auf dem Boden des reaktiven Gefühls zu suchen sei, so muss man ihm, der Wahrheit zu Liebe, mit schroffer Umkehrung diesen andren Satz entgegenstellen: der *letzte* Boden, der vom Geiste der Gerechtigkeit erobert wird, ist der Boden des reaktiven Gefühls! Wenn es wirklich vorkommt, dass der gerechte Mensch gerecht sogar gegen seine Schädiger bleibt (und nicht nur kalt, massvoll, fremd, gleichgültig: Gerecht-sein ist immer ein *positives* Verhalten), wenn sich selbst unter dem Ansturz persönlicher Verletzung, Verhöhnung, Verdächtigung die hohe, klare, ebenso tief als mildblickende Objektivität des gerechten, des *richtenden* Auges nicht trübt, nun, so ist das ein Stück Vollendung und höchster Meisterschaft auf Erden, – sogar Etwas, das man hier kluger Weise nicht erwarten, woran man jedenfalls nicht gar zu leicht *glauben* soll. Gewiss ist durchschnittlich, dass selbst bei den rechtschaffensten Personen schon eine kleine Dosis von Angriff, Bosheit, Insinuation genügt, um ihnen das Blut in die Augen und die Billigkeit *aus* den Augen zu jagen. Der aktive, der angreifende, übergreifende Mensch ist immer noch der Gerechtigkeit hundert Schritte näher gestellt als der reaktive; es ist eben für ihn durchaus nicht nöthig, in der Art, wie es der reaktive Mensch thut, thun muss, sein Objekt falsch und voreingenommen abzuschätzen. Thatsächlich hat deshalb zu allen Zeiten der aggressive Mensch, als der Stärkere, Muthigere, Vornehmere, auch das *freiere* Auge, das *bessere* Gewissen auf seiner Seite gehabt: umgekehrt erräth man schon, wer überhaupt die Erfindung des „schlechten Gewissens" auf dem Gewissen hat, – der Mensch des Ressentiment! Zuletzt sehe man sich doch in der Geschichte um: in welcher Sphäre ist denn bisher überhaupt die ganze Handhabung des Rechts, auch das eigentliche Bedürfniss nach Recht auf Erden heimisch gewesen? Etwa in der Sphäre der reaktiven Menschen? Ganz und gar nicht: vielmehr in der der Aktiven, Starken, Spontanen, Aggressiven. Historisch betrachtet, stellt das Recht auf Erden – zum Verdruss des genannten Agitator's sei es gesagt (der selber einmal über sich das Bekenntniss ablegt: „die Rachelehre hat sich als der rothe Gerechtigkeitsfaden durch alle meine Arbeiten und Anstrengungen hindurchgezogen") – den Kampf gerade *wider* die reaktiven Gefühle vor, den Krieg mit denselben seitens aktiver und aggressiver Mächte, welche ihre Stärke zum Theil dazu verwendeten, der Ausschweifung des reaktiven Pathos Halt und Maass zu gebieten und einen Vergleich zu erzwingen. überall, wo Gerechtigkeit geübt, Gerechtigkeit aufrecht erhalten wird, sieht man eine stärkere Macht in Bezug auf ihr unterstehende Schwächere (seien es Gruppen, seien es Einzelne) nach Mitteln suchen, unter diesen dem unsinnigen Wüthen des Ressentiment ein Ende zu machen, indem sie theils das Objekt des Ressentiment aus den Händen der Rache herauszieht, theils an Stelle der Rache ihrerseits den Kampf gegen die Feinde des Friedens und der Ordnung setzt, theils Ausgleiche erfindet, vorschlägt, unter Umständen aufnöthigt, theils gewisse Äquivalente von Schädigungen zur Norm erhebt, an welche von nun an das Ressentiment ein für alle Mal gewiesen ist. Das Entscheidenste aber, was die oberste Gewalt gegen die Übermacht der Gegen- und Nachgefühle thut und durchsetzt – sie thut es immer, sobald sie irgendwie stark genug dazu ist – ist die Aufrichtung des *Gesetzes*, die imperativische Erklärung darüber, was überhaupt unter ihren Augen als erlaubt, als recht, was als verboten, als unrecht zu gelten habe: indem sie nach Aufrichtung des Gesetzes Übergriffe und Willkür-Akte Einzelner oder ganzer Gruppen als Frevel am Gesetz, als Auflehnung gegen die oberste Gewalt selbst behandelt, lenkt sie das Gefühl ihrer Untergebenen von dem nächsten durch solche Frevel angerichteten Schaden ab und erreicht damit auf die Dauer das Umgekehrte von dem, was alle Rache will, welche den Gesichtspunkt des Geschädigten allein sieht, allein gelten lässt –: von nun an wird das Auge für eine immer *unpersönlichere* Abschätzung der That eingeübt, sogar das Auge des Geschädigten selbst (obschon dies am allerletzten, wie voran bemerkt wurde). – Demgemäss giebt es erst von der Aufrichtung des Gesetzes an „Recht" und „Unrecht" (und *nicht*, wie Dühring will, von dem Akte der Verletzung an). *An sich* von Recht und Unrecht reden entbehrt alles Sinns, *an sich* kann natürlich ein Verletzen, Vergewaltigen, Ausbeuten, Vernichten nichts „Unrechtes" sein, insofern das Leben *essentiell*, nämlich in seinen Grundfunktionen verletzend, vergewaltigend, ausbeutend, vernichtend fungirt und gar nicht gedacht werden kann ohne diesen Charakter. Man muss sich sogar noch etwas Bedenklicheres eingestehn: dass, vom höchsten biologischen Standpunkte aus, Rechtszustände immer nur *Ausnahme-Zustände* sein dürfen, als theilweise Restriktionen des eigentlichen Lebenswillens, der auf Macht aus ist, und sich dessen Gesammtzwecke als Einzelmittel unterordnend: nämlich als Mittel, *grössere* Macht-Einheiten zu schaffen. Eine Rechtsordnung souverain und allgemein gedacht, nicht als Mittel im Kampf von Macht-Complexen, sondern als Mittel *gegen* allen Kampf überhaupt, etwa gemäss der Communisten-Schablone Dühring's, dass jeder Wille jeden Willen als gleich zu nehmen habe, wäre ein *lebensfeindliches* Princip, eine Zerstörerin und Auflöserin des Menschen, ein Attentat auf die Zukunft des Menschen, ein Zeichen von Ermüdung, ein Schleichweg zum Nichts. –

12.

Hier noch ein Wort über Ursprung und Zweck der Strafe – zwei Probleme, die auseinander fallen oder fallen sollten: leider wirft man sie gewöhnlich in Eins. Wie treiben es doch die bisherigen Moral-Genealogen in diesem Falle? Naiv, wie sie es immer getrieben haben –: sie machen irgend einen „Zweck" in der Strafe ausfindig, zum Beispiel Rache oder Abschreckung, setzen dann arglos diesen Zweck an den Anfang, als causa fiendi der Strafe, und – sind fertig. Der „Zweck im Rechte" ist aber zu allerletzt für die Entstehungsgeschichte des Rechts zu verwenden: vielmehr giebt es für alle Art Historie gar keinen wichtigeren Satz als jenen, der mit solcher Mühe errungen ist, aber auch wirklich errungen *sein sollte*, – dass nämlich die Ursache der Entstehung eines Dings und dessen schliessliche Nützlichkeit, dessen thatsächliche Verwendung und Einordnung in ein System von Zwecken toto coelo auseinander liegen; dass etwas Vorhandenes, irgendwie Zu-Stande-Gekommenes immer wieder von einer ihm überlegenen Macht auf neue Ansichten ausgelegt, neu in Beschlag genommen, zu einem neuen Nutzen umgebildet und umgerichtet wird; dass alles Geschehen in der organischen Welt ein *Überwältigen, Herrwerden* und dass wiederum alles Überwältigen und Herrwerden ein Neu-Interpretieren, ein Zurechtmachen ist, bei dem der bisherige „Sinn" und „Zweck" nothwendig verdunkelt oder ganz ausgelöscht werden muss. Wenn man die *Nützlichkeit* von irgend welchem physiologischen Organ (oder auch einer Rechts-Institution, einer gesellschaftlichen Sitte, eines politischen Brauchs, einer Form in den Künsten oder im religiösen Cultus) noch so gut begriffen hat, so hat man damit noch nichts in Betreff seiner Entstehung begriffen: so unbequem und unangenehm dies älteren Ohren klingen mag, – denn von Alters her hatte man in dem nachweisbaren Zwecke, in der Nützlichkeit eines Dings, einer Form, einer Einrichtung auch deren Entstehungsgrund zu begreifen geglaubt, das Auge als gemacht zum Sehen, die Hand als gemacht zum Greifen. So hat man sich auch die Strafe vorgestellt als erfunden zum Strafen. Aber alle Zwecke, alle Nützlichkeiten sind nur *Anzeichen* davon, dass ein Wille zur Macht über etwas weniger Mächtiges Herr geworden ist und ihm von sich aus den Sinn einer Funktion aufgeprägt hat; und die ganze Geschichte eines „Dings", eines Organs, eines Brauchs kann dergestalt eine fortgesetzte Zeichen-Kette von immer neuen Interpretationen und Zurechtmachungen sein, deren Ursachen selbst unter sich nicht im Zusammenhange zu sein brauchen, vielmehr unter Umständen sich bloss zufällig hinter einander folgen und ablösen. „Entwicklung" eines Dings, eines Brauchs, eines Organs ist demgemäss nichts weniger als sein progressus auf ein Ziel hin, noch weniger ein logischer und kürzester, mit dem kleinsten Aufwand von Kraft und Kosten erreichter progressus, – sondern die Aufeinanderfolge von mehr oder minder tiefgehenden, mehr oder minder von einander unabhängigen, an ihm sich abspielenden Überwältigungsprozessen, hinzugerechnet die dagegen jedes Mal aufgewendeten Widerstände, die versuchten Form-Verwandlungen zum Zweck der Vertheidigung und Reaktion, auch die Resultate gelungener Gegenaktionen. Die Form ist flüssig, der „Sinn" ist es aber noch mehr... Selbst innerhalb jedes einzelnen Organismus steht es nicht anders: mit jedem wesentlichen Wachsthum des Ganzen verschiebt sich auch der „Sinn" der einzelnen Organe, – unter Umständen kann deren theilweises Zu-

Grunde-Gehn, deren Zahl-Verminderung (zum Beispiel durch Vernichtung der Mittelglieder) ein Zeichen wachsender Kraft und Vollkommenheit sein. Ich wollte sagen: auch das theilweise *Unnützlichwerden*, das Verkümmern und Entarten, das Verlustiggehn von Sinn und Zweckmässigkeit, kurz der Tod gehört zu den Bedingungen des wirklichen progressus: als welcher immer in Gestalt eines Willens und Wegs zu *grösserer Macht* erscheint und immer auf Unkosten zahlreicher kleinerer Mächte durchgesetzt wird. Die Grösse eines „Fortschritts" *bemisst* sich sogar nach der Masse dessen, was ihm Alles geopfert werden musste; die Menschheit als Masse dem Gedeihen einer einzelnen *stärkeren* Species Mensch geopfert – das *wäre* ein Fortschritt... – Ich hebe diesen Haupt-Gesichtspunkt der historischen Methodik hervor, um so mehr als er im Grunde dem gerade herrschenden Instinkte und Zeitgeschmack entgegen geht, welcher lieber sich noch mit der absoluten Zufälligkeit, ja mechanistischen Unsinnigkeit alles Geschehens vertragen würde, als mit der Theorie eines in allem Geschehn sich abspielenden *Macht-Willens*. Die demokratische Idiosynkrasie gegen Alles, was herrscht und herrschen will, der moderne *Misarchismus* (um ein schlechtes Wort für eine schlechte Sache zu bilden) hat sich allmählich dermaassen in's Geistige, Geistigste umgesetzt und verkleidet, dass er heute Schritt für Schritt bereits in die strengsten, anscheinend objektivsten Wissenschaften eindringt, eindringen *darf*; ja er scheint mir schon über die ganze Physiologie und Lehre vom Leben Herr geworden zu sein, zu ihrem Schaden, wie sich von selbst versteht, indem er ihr einen Grundbegriff, den der eigentlichen *Aktivität*, eskamotirt hat. Man stellt dagegen unter dem Druck jener Idiosynkrasie die „Anpassung" in den Vordergrund, das heisst eine Aktivität zweiten Ranges, eine blosse Reaktivität, ja man hat das Leben selbst als eine immer zweckmässigere innere Anpassung an äussere Umstände definirt (Herbert Spencer). Damit ist aber das Wesen des Lebens verkannt, sein *Wille zur Macht*; damit ist der principielle Vorrang übersehn, den die spontanen, angreifenden, übergreifenden, neu-auslegenden, neu-richtenden und gestaltenden Kräfte haben, auf deren Wirkung erst die „Anpassung" folgt; damit ist im Organismus selbst die herrschaftliche Rolle der höchsten Funktionäre abgeleugnet, in denen der Lebenswille aktiv und formgebend erscheint. Man erinnert sich, was Huxley Spencern zum Vorwurf gemacht hat, – seinen „administrativen Nihilismus": aber es handelt sich noch um *mehr* als um's „Administriren"...

13.

– Man hat also, um zur Sache, nämlich zur *Strafe* zurückzukehren, zweierlei an ihr zu unterscheiden: einmal das relativ *Dauerhafte* an ihr, den Brauch, den Akt, das „Drama", eine gewisse strenge Abfolge von Prozeduren, andrerseits das *Flüssige* an ihr, den Sinn, den Zweck, die Erwartung, welche sich an die Ausführung solcher Prozeduren knüpft. Hierbei wird ohne Weiteres vorausgesetzt, per analogiam, gemäss dem eben entwickelten Hauptgesichtspunkte der historischen Methodik, dass die Prozedur selbst etwas Älteres, Früheres als ihre Benützung zur Strafe sein wird, dass letztere erst in die (längst vorhandene, aber in einem anderen Sinne übliche) Prozedur *hineingelegt*, hineingedeutet worden ist, kurz, dass es *nicht* so steht, wie unsre naiven Moral- und Rechtsgenealogen bisher annahmen, welche sich allesammt die Prozedur *erfunden* dachten zum Zweck der Strafe, so wie man sich ehemals die Hand erfunden dachte zum Zweck des Greifens. Was nun jenes andre Element an der Strafe betrifft, das flüssige, ihren „Sinn", so stellt in einem sehr späten Zustande der Cultur (zum Beispiel im heutigen Europa) der Begriff „Strafe" in der That gar nicht mehr Einen Sinn vor, sondern eine ganze Synthesis von „Sinnen": die bisherige Geschichte der Strafe überhaupt, die Geschichte ihrer Ausnützung zu den verschiedensten Zwecken, krystallisirt sich zuletzt in eine Art von Einheit, welche schwer löslich, schwer zu analysiren und, was man hervorheben muss, ganz und gar *undefinirbar* ist. (Es ist heute unmöglich, bestimmt zu sagen, *warum* eigentlich gestraft wird: alle Begriffe, in denen sich ein ganzer Prozess semiotisch zusammenfasst, entziehen sich der Definition; definirbar ist nur Das, was keine Geschichte hat.) In einem früheren Stadium erscheint dagegen jene Synthesis von „Sinnen" noch löslicher, auch noch verschiebbarer; man kann noch wahrnehmen, wie für jeden einzelnen Fall die Elemente der Synthesis ihre Werthigkeit verändern und sich demgemäss umordnen, so dass bald dies, bald jenes Element auf Kosten der übrigen hervortritt und dominirt, ja unter Umständen Ein Element (etwa der Zweck der Abschreckung) den ganzen Rest von Elementen aufzuheben scheint. Um wenigstens eine Vorstellung davon zu geben, wie unsicher, wie nachträglich, wie accidentiell „der Sinn" der Strafe ist und wie ein und dieselbe Prozedur auf grundverschiedne Absichten hin benützt, gedeutet, zurechtgemacht werden kann: so stehe hier das Schema, das sich mir selbst auf Grund eines verhältnissmässig kleinen und zufälligen Materials ergeben hat. Strafe als Unschädlichmachen, als Verhinderung weiteren Schädigens. Strafe als Abzahlung des Schadens an den Geschädigten, in irgend einer Form (auch in der einer Affekt-Compensation). Strafe als Isolirung einer Gleichgewichts-Störung, um ein Weitergreifen der Störung zu verhüten. Strafe als Furchteinflössen vor Denen, welche die Strafe bestimmen und exekutiren. Strafe als eine Art Ausgleich für die Vortheile, welche der Verbrecher bis dahin genossen hat (zum Beispiel wenn er als Bergwerkssklave nutzbar gemacht wird). Strafe als Ausscheidung eines entartenden Elementes (unter Umständen eines ganzen Zweigs, wie nach chinesischem Rechte: somit als Mittel zur Reinerhaltung der Rasse oder zur Festhaltung eines socialen Typus). Strafe als Fest, nämlich als Vergewaltigung und Verhöhnung eines endlich niedergeworfnen Feindes. Strafe als ein Gedächtnissmachen, sei es für Den, der die Strafe erleidet – die sogenannte „Besserung“, sei es für die Zeugen der Exekution. Strafe als Zahlung eines Honorars, ausbedungen Seitens der Macht, welche den Übelthäter vor den Ausschweifungen der Rache schützt. Strafe als Compromiss mit dem Naturzustand der Rache, sofern letzterer durch mächtige Geschlechter noch aufrecht erhalten und als Privilegium in Anspruch genommen wird. Strafe als Kriegserklärung und Kriegsmaassregel gegen einen Feind des Friedens, des Gesetzes, der Ordnung, der Obrigkeit, den man als gefährlich für das Gemeinwesen, als vertragsbrüchig in Hinsicht auf dessen Voraussetzungen, als einen Empörer, Verräther und Friedensbrecher bekämpft, mit Mitteln, wie sie eben der Krieg an die Hand giebt. –

14.

Diese Liste ist gewiss nicht vollständig; ersichtlich ist die Strafe mit Nützlichkeiten aller Art überladen. Um so eher darf man von ihr eine *vermeintliche* Nützlichkeit in Abzug bringen, die allerdings im populären Bewusstsein als ihre wesentlichste gilt, – der Glaube an die Strafe, der heute aus mehreren Gründen wackelt, findet gerade an ihr immer noch seine kräftigste Stütze. Die Strafe soll den Werth haben, das *Gefühl der Schuld* im Schuldigen aufzuwecken, man sucht in ihr das eigentliche instrumentum jener seelischen Reaktion, welche „schlechtes Gewissen“, „Gewissensbiss“ genannt wird. Aber damit vergreift man sich selbst für heute noch an der Wirklichkeit und der Psychologie: und wie viel mehr für die längste Geschichte des Menschen, seine Vorgeschichte! Der ächte Gewissensbiss ist gerade unter Verbrechern und Sträflingen etwas äusserst Seltenes, die Gefängnisse, die Zuchthäuser sind *nicht* die Brutstätten, an denen diese Species von Nagewurm mit Vorliebe gedeiht: – darin kommen alle gewissenhaften Beobachter überein, die in vielen Fällen ein derartiges Urtheil ungern genug und wider die eigensten Wünsche abgeben. In's Grosse gerechnet, härtet und kältet die Strafe ab; sie concentrirt;

sie verschärft das Gefühl der Entfremdung; sie stärkt die Widerstandskraft. Wenn es vorkommt, dass sie die Energie zerbricht und eine erbärmliche Prostration und Selbsterniedrigung zu Wege bringt, so ist ein solches Ergebniss sicherlich noch weniger erquicklich als die durchschnittliche Wirkung der Strafe: als welche sich durch einen trocknen düsteren Ernst charakterisirt. Denken wir aber gar an jene Jahrtausende *vor* der Geschichte des Menschen, so darf man unbedenklich urtheilen, dass gerade durch die Strafe die Entwicklung des Schuldgefühls am kräftigsten *aufgehalten* worden ist, – wenigstens in Hinsicht auf die Opfer, an denen sich die strafende Gewalt ausliess. Unterschätzen wir nämlich nicht, inwiefern der Verbrecher gerade durch den Anblick der gerichtlichen und vollziehenden Prozeduren selbst verhindert wird, seine That, die Art seiner Handlung, *an sich* als verwerflich zu empfinden: denn er sieht genau die gleiche Art von Handlungen im Dienst der Gerechtigkeit verübt und dann gut geheissen, mit gutem Gewissen verübt: also Spionage, Überlistung, Bestechung, Fallenstellen, die ganze kniffliche und durchtriebne Polizisten- und Anklägerkunst, sodann das grundsätzliche, selbst nicht durch den Affekt entschuldigte Berauben, Überwältigen, Beschimpfen, Gefangennehmen, Foltern, Morden, wie es in den verschiednen Arten der Strafe sich ausprägt, – Alles somit von seinen Richtern keineswegs *an sich* verworfene und verurtheilte Handlungen, sondern nur in einer gewissen Hinsicht und Nutzanwendung. Das „schlechte Gewissen", diese unheimlichste und interessanteste Pflanze unsrer irdischen Vegetation, ist *nicht* auf diesem Boden gewachsen, – in der That drückte sich im Bewusstsein der Richtenden, der Strafenden selbst die längste Zeit hindurch *Nichts* davon aus, dass man mit einem „Schuldigen" zu thun habe. Sondern mit einem Schaden-Anstifter, mit einem unverantwortlichen Stück Verhängniss. Und Der selber, über den nachher die Strafe, wiederum wie ein Stück Verhängniss, herfiel, hatte dabei keine andre „innere Pein", als wie beim plötzlichen Eintreten von etwas Unberechnetem, eines schrecklichen Naturereignisses, eines herabstürzenden, zermalmenden Felsblockes, gegen den es keinen Kampf mehr giebt.

15.

Dies kam einmal auf eine verfängliche Weise Spinoza zum Bewusstsein (zum Verdruss seiner Ausleger, welche sich ordentlich darum *bemühen*, ihn an dieser Stelle misszuverstehn, zum Beispiel Kuno Fischer), als er eines Nachmittags, wer weiss, an was für einer Erinnerung sich reibend, der Frage nachhieng, was eigentlich für ihn selbst von dem berühmten *morsus conscientiae* übrig geblieben sei – er, der Gut und Böse unter die menschlichen Einbildungen verwiesen und mit Ingrimm die Ehre seines „freien“ Gottes gegen jene Lästerer vertheidigt hatte, deren Behauptung dahin gieng, Gott wirke Alles sub ratione boni („das aber hiesse Gott dem Schicksale unterwerfen und wäre fürwahr die grösste aller Ungereimtheiten“ –). Die Welt war für Spinoza wieder in jene Unschuld zurückgetreten, in der sie vor der Erfindung des schlechten Gewissens dalag: was war damit aus dem morsus conscientiae geworden? „Der Gegensatz des gaudium, sagte er sich endlich, – eine Traurigkeit, begleitet von der Vorstellung einer vergangnen Sache, die gegen alles Erwarten ausgefallen ist.“ Eth. III propos. XVIII schol. I. II. *Nicht anders als Spinoza* haben die von der Strafe ereilten Übel-Anstifter Jahrtausende lang in Betreff ihres „Vergehens“ empfunden: „hier ist Etwas unvermuthet schief gegangen“, *nicht*: „das hätte ich nicht thun sollen“ –, sie unterwarfen sich der Strafe, wie man sich einer Krankheit oder einem Unglücke oder dem Tode unterwirft, mit jenem beherzten Fatalismus ohne Revolte, durch den zum Beispiel heute noch die Russen in der Handhabung des Lebens gegen uns Westländer im Vortheil sind. Wenn es damals eine Kritik der That gab, so war es die Klugheit, die an der That Kritik übte: ohne Frage müssen wir die eigentliche *Wirkung* der Strafe vor Allem in einer Verschärfung der Klugheit suchen, in einer Verlängerung des Gedächtnisses, in einem Willen, fürderhin vorsichtiger, misstrauischer, heimlicher zu Werke zu gehn, in der Einsicht, dass man für Vieles ein-für-alle-Mal zu schwach sei, in einer Art Verbesserung der Selbstbeurtheilung. Das, was durch die Strafe im Grossen erreicht werden kann, bei Mensch und Thier, ist die Vermehrung der Furcht, die Verschärfung der Klugheit, die Bemeisterung der Begierden: damit *zähmt* die Strafe den Menschen, aber sie macht ihn nicht „besser“, – man dürfte mit mehr Recht noch das Gegentheil behaupten. („Schaden macht klug“, sagt das Volk: soweit er klug macht, macht er auch schlecht. Glücklicher Weise macht er oft genug dumm.)

16.

An dieser Stelle ist es nun nicht mehr zu umgehn, meiner eignen Hypothese über den Ursprung des „schlechten Gewissens“ zu einem ersten vorläufigen Ausdrucke zu verhelfen: sie ist nicht leicht zu Gehör zu bringen und will lange bedacht, bewacht und beschlafen sein. Ich nehme das schlechte Gewissen als die tiefe Erkrankung, welcher der Mensch unter dem Druck jener gründlichsten aller Veränderungen verfallen musste, die er überhaupt erlebt hat, – jener Veränderung, als er sich endgültig in den Bann der Gesellschaft und des Friedens eingeschlossen fand. Nicht anders als es den Wasserthieren ergangen sein muss, als sie gezwungen wurden, entweder Landthiere zu werden oder zu Grunde zu gehn, so gieng es diesen der Wildniss, dem Kriege, dem Herumschweifen, dem Abenteuer glücklich angepassten Halbthieren, – mit Einem Male waren alle ihre Instinkte entwerthet und „ausgehängt". Sie sollten nunmehr auf den Füssen gehn und „sich selber tragen", wo sie bisher vom Wasser getragen wurden: eine entsetzliche Schwere lag auf ihnen. Zu den einfachsten Verrichtungen fühlten sie sich ungelenk, sie hatten für diese neue unbekannte Welt ihre alten Führer nicht mehr, die regulirenden unbewusst-sicherführenden Triebe, – sie waren auf Denken, Schliessen, Berechnen, Combiniren von Ursachen und Wirkungen reduzirt, diese Unglücklichen, auf ihr „Bewusstsein", auf ihr ärmlichstes und fehlgreifendstes Organ! Ich glaube, dass niemals auf Erden ein solches Elends-Gefühl, ein solches bleiernes Missbehagen dagewesen ist, – und dabei hatten jene alten Instinkte nicht mit Einem Male aufgehört, ihre Forderungen zu stellen! Nur war es schwer und selten möglich, ihnen zu Willen zu sein: in der Hauptsache mussten sie sich neue und gleichsam unterirdische Befriedigungen suchen. Alle Instinkte, welche sich nicht nach Aussen entladen, *wenden sich nach Innen* – dies ist das, was ich die *Verinnerlichung* des Menschen nenne: damit wächst erst das an den Menschen heran, was man später seine „Seele" nennt. Die ganze innere Welt, ursprünglich dünn wie zwischen zwei Häute eingespannt, ist in dem Maasse aus einander- und aufgegangen, hat Tiefe, Breite, Höhe bekommen, als die Entladung des Menschen nach Aussen *gehemmt* worden ist. Jene furchtbaren Bollwerke, mit denen sich die staatliche Organisation gegen die alten Instinkte der Freiheit schützte – die Strafen gehören vor Allem zu diesen Bollwerken – brachten zu Wege, dass alle jene Instinkte des wilden freien schweifenden Menschen sich rückwärts, sich *gegen den Menschen selbst* wandten. Die Feindschaft, die Grausamkeit, die Lust an der Verfolgung, am Überfall, am Wechsel, an der Zerstörung – Alles das gegen die Inhaber solcher Instinkte sich wendend: *das* ist der Ursprung des „schlechten Gewissens". Der Mensch, der sich, aus Mangel an äusseren Feinden und Widerständen, eingezwängt in eine drückende Enge und Regelmässigkeit der Sitte, ungeduldig selbst zerriss, verfolgte, annagte, aufstörte, misshandelte, dies an den Gitterstangen seines Käfigs sich wund stossende Thier, das man „zähmen" will, dieser Entbehrende und vom Heimweh der Wüste Verzehrte, der aus sich selbst ein Abenteuer, eine Folterstätte, eine unsichere und gefährliche Wildniss schaffen musste – dieser Narr, dieser sehnsüchtige und verzweifelte Gefangne wurde der Erfinder des „schlechten Gewissens". Mit ihm aber war die grösste und unheimlichste Erkrankung eingeleitet, von welcher die Menschheit bis heute nicht genesen ist, das Leiden des Menschen *am Menschen, an sich*: als die Folge einer gewaltsamen Abtrennung von der thierischen Vergangenheit, eines Sprunges und Sturzes gleichsam in neue Lagen und Daseins-Bedingungen, einer Kriegserklärung gegen die alten Instinkte, auf denen bis dahin seine Kraft, Lust und Furchtbarkeit beruhte. Fügen wir sofort hinzu, dass andrerseits mit der Thatsache einer gegen sich selbst gekehrten, gegen sich selbst Partei nehmenden Thierseele auf Erden etwas so Neues, Tiefes, Unerhörtes, Räthselhaftes, Widerspruchsvolles *und Zukunftsvolles* gegeben war, dass der Aspekt der Erde sich damit wesentlich veränderte. In der That, es brauchte göttlicher Zuschauer, um das Schauspiel zu würdigen, das damit anfieng und dessen Ende durchaus noch nicht abzusehen ist, – ein Schauspiel zu fein, zu wundervoll, zu paradox, als dass es sich sinnlos-unvermerkt auf irgend einem lächerlichen Gestirn abspielen dürfte! Der Mensch zählt seitdem *mit* unter den unerwartetsten und aufregendsten Glückswürfen, die das „grosse Kind" des Heraklit, heisse es Zeus oder Zufall, spielt, – er erweckt für sich ein Interesse, eine Spannung, eine Hoffnung, beinahe eine Gewissheit, als ob mit ihm sich Etwas ankündige, Etwas vorbereite, als ob der Mensch kein Ziel, sondern nur ein Weg, ein Zwischenfall, eine Brücke, ein grosses Versprechen sei…

17.

Zur Voraussetzung dieser Hypothese über den Ursprung des schlechten Gewissens gehört erstens, dass jene Veränderung keine allmähliche, keine freiwillige war und sich nicht als ein organisches Hineinwachsen in neue Bedingungen darstellte, sondern als ein Bruch, ein Sprung, ein Zwang, ein unabweisbares Verhängniss, gegen das es keinen Kampf und nicht einmal ein Ressentiment gab. Zweitens aber, dass die Einfügung einer bisher ungehemmten und ungestalteten Bevölkerung in eine feste Form, wie sie mit einem Gewaltakt ihren Anfang nahm, nur mit lauter Gewaltakten zu Ende geführt wurde, – dass der älteste „Staat" demgemäss als eine furchtbare Tyrannei, als eine zerdrückende und rücksichtslose Maschinerie auftrat und fortarbeitete, bis ein solcher Rohstoff von Volk und Halbthier endlich nicht nur durchgeknetet und gefügig, sondern auch *geformt* war. Ich gebrauchte das Wort „Staat": es versteht sich von selbst, wer damit gemeint ist – irgend ein Rudel blonder Raubthiere, eine Eroberer- und Herren-Rasse, welche, kriegerisch organisirt und mit der Kraft, zu organisiren, unbedenklich ihre furchtbaren Tatzen auf eine der Zahl nach vielleicht ungeheuer überlegene, aber noch gestaltlose, noch schweifende

Bevölkerung legt. Dergestalt beginnt ja der „Staat“ auf Erden: ich denke, jene Schwärmerei ist abgethan, welche ihn mit einem „Vertrage“ beginnen liess. Wer befehlen kann, wer von Natur „Herr“ ist, wer gewaltthätig in Werk und Gebärde auftritt – was hat der mit Verträgen zu schaffen! Mit solchen Wesen rechnet man nicht, sie kommen wie das Schicksal, ohne Grund, Vernunft, Rücksicht, Vorwand, sie sind da wie der Blitz da ist, zu furchtbar, zu plötzlich, zu überzeugend, zu „anders“, um selbst auch nur gehasst zu werden. Ihr Werk ist ein instinktives Formen-schaffen, Formen-aufdrücken, es sind die unfreiwilligsten, unbewusstesten Künstler, die es giebt: – in Kürze steht etwas Neues da, wo sie erscheinen, ein Herrschafts-Gebilde, das *lebt*, in dem Theile und Funktionen abgegrenzt und bezüglich gemacht sind, in dem Nichts überhaupt Platz findet, dem nicht erst ein „Sinn“ in Hinsicht auf das Ganze eingelegt ist. Sie wissen nicht, was Schuld, was Verantwortlichkeit, was Rücksicht ist, diese geborenen Organisatoren; in ihnen waltet jener furchtbare Künstler-Egoismus, der wie Erz blickt und sich im „Werke“, wie die Mutter in ihrem Kinde, in alle Ewigkeit voraus gerechtfertigt weiss. *Sie* sind es nicht, bei denen das „schlechte Gewissen“ gewachsen ist, das versteht sich von vornherein, – aber es würde nicht *ohne sie* gewachsen sein, dieses hässliche Gewächs, es würde fehlen, wenn nicht unter dem Druck ihrer Hammerschläge, ihrer Künstler-Gewaltsamkeit ein ungeheures Quantum Freiheit aus der Welt, mindestens aus der Sichtbarkeit geschafft und gleichsam *latent* gemacht worden wäre. Dieser gewaltsam latent gemachte *Instinkt der Freiheit* – wir begriffen es schon – dieser zurückgedrängte, zurückgetretene, in's Innere eingekerkerte und zuletzt nur an sich selbst noch sich entladende und auslassende Instinkt der Freiheit: das, nur das ist in seinem Anbeginn das *schlechte Gewissen*.

18.

Man hüte sich, von diesem ganzen Phänomen deshalb schon gering zu denken, weil es von vornherein hässlich und schmerzhaft ist. Im Grunde ist es ja dieselbe aktive Kraft, die in jenen Gewalt-Künstlern und Organisatoren grossartiger am Werke ist und Staaten baut, welche hier, innerlich, kleiner, kleinlicher, in der Richtung nach rückwärts, im „Labyrinth der Brust“, um mit Goethe zu reden, sich das schlechte Gewissen schafft und negative Ideale baut, eben jener *Instinkt der Freiheit* (in meiner Sprache geredet: der Wille zur Macht): nur dass der Stoff, an dem sich die formbildende und vergewaltigende Natur dieser Kraft auslässt, hier eben der Mensch selbst, sein ganzes thierisches altes Selbst ist – und *nicht*, wie in jenem grösseren und augenfälligeren Phänomen, der *andre* Mensch, die *andren* Menschen. Diese heimliche Selbst-Vergewaltigung, diese Künstler-Grausamkeit, diese Lust, sich selbst als einem schweren widerstrebenden leidenden Stoffe eine Form zu geben, einen Willen, eine Kritik, einen Widerspruch, eine Verachtung, ein Nein einzubrennen, diese unheimliche und entsetzlich-lustvolle Arbeit einer mit sich selbst willig-zwiespältigen Seele, welche sich leiden macht, aus Lust am Leidenmachen, dieses ganze *aktivische* "schlechte Gewissen" hat zuletzt – man erräth es schon – als der eigentliche Mutterschooss idealer und imaginativer Ereignisse auch eine Fülle von neuer befremdlicher Schönheit und Bejahung an's Licht gebracht und vielleicht überhaupt erst *die* Schönheit... Was wäre denn „schön", wenn nicht erst der Widerspruch sich selbst zum Bewusstsein gekommen wäre, wenn nicht erst das Hässliche zu sich selbst gesagt hätte: „ich bin hässlich"?... Zum Mindesten wird nach diesem Winke das Räthsel weniger räthselhaft sein, in wiefern in widersprüchlichen Begriffen, wie *Selbstlosigkeit*, *Selbstverleugnung*, *Selbstopferung* ein Ideal, eine Schönheit angedeutet sein kann; und Eins weiss man hinfort, ich zweifle nicht daran –, welcher Art nämlich von Anfang an die *Lust* ist, die der Selbstlose, der Sich-selbst-Verleugnende, Sich-selber-Opfernde empfindet: diese Lust gehört zur Grausamkeit. – Soviel vorläufig zur Herkunft des „Unegoistischen" als eines *moralischen* Werthes und zur Absteckung des Bodens, aus dem dieser Werth gewachsen ist: erst das schlechte Gewissen, erst der Wille zur Selbstmisshandlung giebt die Voraussetzung ab für den *Werth* des Unegoistischen. –

19.

Es ist eine Krankheit, das schlechte Gewissen, das unterliegt keinem Zweifel, aber eine Krankheit, wie die Schwangerschaft eine Krankheit ist. Suchen wir die Bedingungen auf, unter denen diese Krankheit auf ihren furchtbarsten und sublimsten Gipfel gekommen ist: – wir werden sehn, was damit eigentlich erst seinen Eintritt in die Welt gemacht hat. Dazu aber bedarf es eines langen Athems, – und zunächst müssen wir noch einmal zu einem früheren Gesichtspunkte zurück. Das privatrechtliche Verhältniss des Schuldners zu seinem Gläubiger, von dem des längeren schon die Rede war, ist noch einmal, und zwar in einer historisch überaus merkwürdigen und bedenklichen Weise in ein Verhältniss hineininterpretirt worden, worin es uns modernen Menschen vielleicht am unverständlichsten ist: nämlich in das Verhältniss der *Gegenwärtigen* zu ihren *Vorfahren*. Innerhalb der ursprünglichen

Geschlechtsgenossenschaft – wir reden von Urzeiten – erkennt jedes Mal die lebende Generation gegen die frühere und in Sonderheit gegen die früheste, geschlecht-begründende eine juristische Verpflichtung an (und keineswegs eine blosse Gefühls-Verbindlichkeit: man dürfte diese letztere sogar nicht ohne Grund für die längste Dauer des menschlichen Geschlechts überhaupt in Abrede stellen). Hier herrscht die Überzeugung, dass das Geschlecht durchaus nur durch die Opfer und Leistungen der Vorfahren *besteht*, – und dass man ihnen diese durch Opfer und Leistungen *zurückzuzahlen* hat: man erkennt somit eine *Schuld* an, die dadurch noch beständig anwächst, dass diese Ahnen in ihrer Fortexistenz als mächtige Geister nicht aufhören, dem Geschlechte neue Vortheile und Vorschüsse seitens ihrer Kraft zu gewähren. Umsonst etwa? Aber es giebt kein „Umsonst" für jene rohen und „seelenarmen" Zeitalter. Was kann man ihnen zurückgeben? Opfer (anfänglich zur Nahrung, im gröblichsten Verstande), Feste, Kapellen, Ehrenbezeigungen, vor Allem Gehorsam – denn alle Bräuche sind, als Werke der Vorfahren, auch deren Satzungen und Befehle –: giebt man ihnen je genug? Dieser Verdacht bleibt übrig und wächst: von Zeit zu Zeit erzwingt er eine grosse Ablösung in Bausch und Bogen, irgend etwas Ungeheures von Gegenzahlung an den „Gläubiger" (das berüchtigte Erstlingsopfer zum Beispiel, Blut, Menschenblut in jedem Falle). Die *Furcht* vor dem Ahnherrn und seiner Macht, das Bewusstsein von Schulden gegen ihn nimmt nach dieser Art von Logik nothwendig genau in dem Maasse zu, in dem die Macht des Geschlechts selbst zunimmt, in dem das Geschlecht selbst immer siegreicher, unabhängiger, geehrter, gefürchteter dasteht. Nicht etwa umgekehrt! Jeder Schritt zur Verkümmerung des Geschlechts, alle elenden Zufälle, alle Anzeichen von Entartung, von heraufkommender Auflösung *vermindern* vielmehr immer auch die Furcht vor dem Geiste seines Begründers und geben eine immer geringere Vorstellung von seiner Klugheit, Vorsorglichkeit und Macht-Gegenwart. Denkt man sich diese rohe Art Logik bis an ihr Ende gelangt: so müssen schliesslich die Ahnherrn der *mächtigsten* Geschlechter durch die Phantasie der wachsenden Furcht selbst in's Ungeheure gewachsen und in das Dunkel einer göttlichen Unheimlichkeit und Unvorstellbarkeit zurückgeschoben worden sein: – der Ahnherr wird zuletzt nothwendig in einen *Gott* transfigurirt. Vielleicht ist hier selbst der Ursprung der Götter, ein Ursprung also aus der *Furcht*!... Und wem es nöthig scheinen sollte hinzuzufügen: „aber auch aus der Pietät!" dürfte schwerlich damit für jene längste Zeit des Menschengeschlechts Recht behalten, für seine Urzeit. Um so mehr freilich für die *mittlere* Zeit, in der die vornehmen Geschlechter sich herausbilden: – als welche in der That ihren Urhebern, den Ahnherren (Heroen, Göttern) alle die Eigenschaften mit Zins zurückgegeben haben, die inzwischen in ihnen selbst offenbar geworden sind, die *vornehmen* Eigenschaften. Wir werden auf die Veradligung und Veredelung der Götter (die freilich durchaus nicht deren „Heiligung" ist) später noch einen Blick werfen: führen wir jetzt nur den Gang dieser ganzen Schuldbewusstseins-Entwicklung vorläufig zu Ende.

20.

Das Bewusstsein, Schulden gegen die Gottheit zu haben, ist, wie die Geschichte lehrt, auch nach dem Niedergang der blutverwandtschaftlichen Organisationsform der „Gemeinschaft" keineswegs zum Abschluss gekommen; die Menschheit hat, in gleicher Weise, wie sie die Begriffe „gut und schlecht" von dem Geschlechts-Adel (sammt dessen psychologischem Grundhange, Rangordnungen anzusetzen) geerbt hat, mit der Erbschaft der Geschlechts- und Stammgottheiten auch die des Drucks von noch unbezahlten Schulden und des Verlangens nach Ablösung derselben hinzubekommen. (Den Übergang machen jene breiten Sklaven- und Hörigen-Bevölkerungen, welche sich an den Götter-Cultus ihrer Herren, sei es durch Zwang, sei es durch Unterwürfigkeit und mimicry, angepasst haben: von ihnen aus fliesst dann diese Erbschaft nach allen Seiten über.) Das Schuldgefühl gegen die Gottheit hat mehrere Jahrtausende nicht aufgehört zu wachsen, und zwar immer fort im gleichen Verhältnisse, wie der Gottesbegriff und das Gottesgefühl auf Erden gewachsen und in die Höhe getragen worden ist. (Die ganze Geschichte des ethnischen Kämpfens, Siegens, Sich-versöhnens, Sich-verschmelzens, Alles was der endgültigen Rangordnung aller Volks-Elemente in jeder grossen Rassen-Synthesis vorangeht, spiegelt sich in dem Genealogien-Wirrwarr ihrer Götter, in den Sagen von deren Kämpfen, Siegen und Versöhnungen ab; der Fortgang zu Universal-Reichen ist immer auch der Fortgang zu Universal-Gottheiten, der Despotismus mit seiner Überwältigung des unabhängigen Adels bahnt immer auch irgend welchem Monotheismus den Weg.) Die Heraufkunft des christlichen Gottes, als des Maximal-Gottes, der bisher erreicht worden ist, hat deshalb auch das Maximum des Schuldgefühls auf Erden zur Erscheinung gebracht. Angenommen, dass wir nachgerade in die *umgekehrte* Bewegung eingetreten sind, so dürfte man mit keiner kleinen Wahrscheinlichkeit aus dem unaufhaltsamen Niedergang des Glaubens an den christlichen Gott ableiten, dass es jetzt bereits auch schon einen erheblichen Niedergang des menschlichen Schuldbewusstseins gäbe; ja die Aussicht ist nicht abzuweisen, dass der vollkommne und endgültige Sieg des

Atheismus die Menschheit von diesem ganzen Gefühl, Schulden gegen ihren Anfang, ihre causa prima zu haben, lösen dürfte. Atheismus und eine Art *zweiter Unschuld* gehören zu einander. –

21.

Dies vorläufig im Kurzen und Groben über den Zusammenhang der Begriffe „Schuld", „Pflicht" mit religiösen Voraussetzungen: ich habe absichtlich die eigentliche Moralisirung dieser Begriffe (die Zurückschiebung derselben in's Gewissen, noch bestimmter, die Verwicklung des *schlechten* Gewissens mit dem Gottesbegriffe) bisher bei Seite gelassen und am Schluss des vorigen Abschnittes sogar geredet, wie als ob es diese Moralisirung gar nicht gäbe, folglich, wie als ob es mit jenen Begriffen nunmehr nothwendig zu Ende gienge, nachdem deren Voraussetzung gefallen ist, der Glaube an unsern „Gläubiger", an Gott. Der Thatbestand weicht davon in einer furchtbaren Weise ab. Mit der Moralisirung der Begriffe Schuld und Pflicht, mit ihrer Zurückschiebung in's *schlechte* Gewissen ist ganz eigentlich der Versuch gegeben, die Richtung der eben beschriebenen Entwicklung *umzukehren*, mindestens ihre Bewegung stillzustellen: jetzt *soll* gerade die Aussicht auf eine endgültige Ablösung ein-für-alle-Mal sich pessimistisch zuschliessen, jetzt *soll* der Blick trostlos vor einer ehernen Unmöglichkeit abprallen, zurückprallen, jetzt *sollen* jene Begriffe „Schuld" und „Pflicht" sich rückwärts wenden – gegen *wen* denn? Man kann nicht zweifeln: zunächst gegen den „Schuldner", in dem nunmehr das schlechte Gewissen sich dermaassen festsetzt, einfrisst, ausbreitet und polypenhaft in jede Breite und Tiefe wächst, bis endlich mit der Unlösbarkeit der Schuld auch die Unlösbarkeit der Busse, der Gedanke ihrer Unabzahlbarkeit (der *„ewigen* Strafe") concipirt ist –; endlich aber sogar gegen den „Gläubiger", denke man dabei nun an die causa prima des Menschen, an den Anfang des menschlichen Geschlechts, an seinen Ahnherrn, der nunmehr mit einem Fluche behaftet wird („Adam", „Erbsünde", „Unfreiheit des Willens") oder an die Natur, aus deren Schooss der Mensch entsteht und in die nunmehr das böse Princip hineingelegt wird („Verteufelung der Natur") oder an das Dasein überhaupt, das als *unwerth an sich* übrig bleibt (nihilistische Abkehr von ihm, Verlangen in's Nichts oder Verlangen in seinen „Gegensatz", in ein Anderssein, Buddhismus und Verwandtes) – bis wir mit Einem Male vor dem paradoxen und entsetzlichen Auskunftsmittel stehn, an dem die gemarterte Menschheit eine zeitweilige Erleichterung gefunden hat, jenem Geniestreich des *Christenthums*: Gott selbst sich für die Schuld des Menschen opfernd, Gott selbst sich an sich selbst bezahlt machend, Gott als der Einzige, der vom Menschen ablösen kann, was für den Menschen selbst unablösbar geworden ist – der Gläubiger sich für seinen Schuldner opfernd, aus *Liebe* (sollte man's glauben? –), aus Liebe zu seinem Schuldner!...

22.

Man wird bereits errathen haben, *was* eigentlich mit dem Allen und *unter* dem Allen geschehen ist: jener Wille zur Selbstpeinigung, jene zurückgetretene Grausamkeit des innerlich gemachten, in sich selbst zurückgescheuchten Thiermenschen, des zum Zweck der Zähmung in den „Staat" Eingesperrten, der das schlechte Gewissen erfunden hat, um sich wehe zu thun, nachdem der *natürlichere* Ausweg dieses Wehe-thun-wollens verstopft war, – dieser Mensch des schlechten Gewissens hat sich der religiösen Voraussetzung bemächtigt, um seine Selbstmarterung bis zu ihrer schauerlichsten Härte und Schärfe zu treiben. Eine Schuld gegen *Gott*: dieser Gedanke wird ihm zum Folterwerkzeug. Er ergreift in „Gott" die letzten Gegensätze, die er zu seinen eigentlichen und unablöslichen Thier-Instinkten zu finden vermag, er deutet diese Thier-Instinkte selbst um als Schuld gegen Gott (als Feindschaft, Auflehnung, Aufruhr gegen den „Herrn", den „Vater", den Urahn und Anfang der Welt), er spannt sich in den Widerspruch „Gott" und „Teufel", er wirft alles Nein, das er zu sich selbst, zur Natur, Natürlichkeit, Thatsächlichkeit seines Wesens sagt, aus sich heraus als ein Ja, als seiend, leibhaft, wirklich, als Gott, als Heiligkeit Gottes, als Richterthum Gottes, als Henkerthum Gottes, als Jenseits, als Ewigkeit, als Marter ohne Ende, als Hölle, als Unausmessbarkeit von Strafe und von Schuld. Dies ist eine Art Willens-Wahnsinn in der seelischen Grausamkeit, der schlechterdings nicht seines Gleichen hat: der *Wille* des Menschen, sich schuldig und verwerflich zu finden bis zur Unsühnbarkeit, sein *Wille*, sich bestraft zu denken, ohne dass die Strafe je der Schuld äquivalent werden könne, sein *Wille*, den untersten Grund der Dinge mit dem Problem von Strafe und Schuld zu inficiren und giftig zu machen, um sich aus diesem Labyrinth von „fixen Ideen" ein für alle Mal den Ausweg abzuschneiden, sein *Wille*, ein Ideal aufzurichten – das des „heiligen Gottes" –, um Angesichts desselben seiner absoluten Unwürdigkeit handgreiflich gewiss zu sein. Oh über diese wahnsinnige traurige Bestie Mensch! Welche Einfälle kommen ihr, welche Widernatur, welche Paroxysmen des Unsinns, welche *Bestialität der Idee* bricht sofort heraus, wenn sie nur ein wenig verhindert wird, *Bestie der That* zu sein!... Dies Alles ist interessant bis zum Übermaass, aber auch von einer schwarzen düsteren entnervenden Traurigkeit, dass man es sich gewaltsam verbieten muss, zu lange in diese Abgründe zu blicken. Hier ist *Krankheit*, es ist kein Zweifel, die furchtbarste Krankheit, die bis jetzt im Menschen gewüthet hat: – und wer es noch zu hören vermag (aber man hat heute nicht mehr die Ohren dafür! –) wie in dieser Nacht von Marter und Widersinn der Schrei *Liebe*, der Schrei des sehnsüchtigsten Entzückens, der Erlösung in der *Liebe* geklungen hat, der wendet sich ab, von einem unbesieglichen Grausen erfasst... Im Menschen ist so viel Entsetzliches!... Die Erde war zu lange schon ein Irrenhaus!...

23.

Dies genüge ein für alle Mal über die Herkunft des „heiligen Gottes". – Dass *an sich* die Conception von Göttern nicht nothwendig zu dieser Verschlechterung der Phantasie führen muss, deren Vergegenwärtigung wir uns für einen Augenblick nicht erlassen durften, dass es *vornehmere* Arten giebt, sich der Erdichtung von Göttern zu bedienen, als zu dieser Selbstkreuzigung und Selbstschändung des Menschen, in der die letzten Jahrtausende Europa's ihre Meisterschaft gehabt haben, – das lässt sich zum Glück aus jedem Blick noch abnehmen, den man auf die *griechischen Götter* wirft, diese Wiederspiegelungen vornehmer und selbstherrlicher Menschen, in denen das *Thier* im Menschen sich vergöttlicht fühlte und *nicht* sich selbst zerriss, *nicht* gegen sich selber wüthete! Diese Griechen haben sich die längste Zeit ihrer Götter bedient, gerade um sich das „schlechte Gewissen" vom Leibe zu halten, um ihrer Freiheit der Seele froh bleiben zu dürfen: also in einem umgekehrten Verstande als das Christenthum Gebrauch von seinem Gotte gemacht hat. Sie giengen darin *sehr weit*, diese prachtvollen und löwenmüthigen Kindsköpfe; und keine geringere Autorität als die des homerischen Zeus selbst giebt es ihnen hier und da zu verstehn, dass sie es sich zu leicht machen. „Wunder! sagt er einmal – es handelt sich um den Fall des Ägisthos, um einen *sehr* schlimmen Fall –
„Wunder, wie sehr doch klagen die Sterblichen wider die Götter!
„*Nur von uns sei Böses*, vermeinen sie; aber sie selber
„Schaffen durch Unverstand, auch gegen Geschick, sich das Elend."
Doch hört und sieht man hier zugleich, auch dieser olympische Zuschauer und Richter ist ferne davon, ihnen deshalb gram zu sein und böse von ihnen zu denken: „was sie *thöricht* sind!" so denkt er bei den Unthaten der Sterblichen, – und „Thorheit", „Unverstand", ein wenig „Störung im Kopfe", so viel haben auch die Griechen der stärksten, tapfersten Zeit selbst bei sich *zugelassen* als Grund von vielem Schlimmen und Verhängnissvollen: – Thorheit, *nicht* Sünde! versteht

ihr das?... Selbst aber diese Störung im Kopfe war ein Problem – „ja, wie ist sie auch nur möglich? woher mag sie eigentlich gekommen sein, bei Köpfen, wie *wir* sie haben, wir Menschen der edlen Abkunft, des Glücks, der Wohlgerathenheit, der besten Gesellschaft, der Vornehmheit, der Tugend?“ – so fragte sich Jahrhunderte lang der vornehme Grieche angesichts jedes ihm unverständlichen Greuels und Frevels, mit dem sich Einer von seines Gleichen befleckt hatte. „Es muss ihn wohl ein *Gott* bethört haben“, sagte er sich endlich, den Kopf schüttelnd... Dieser Ausweg ist *typisch* für Griechen... Dergestalt dienten damals die Götter dazu, den Menschen bis zu einem gewissen Grade auch im Schlimmen zu rechtfertigen, sie dienten als Ursachen des Bösen – damals nahmen sie nicht die Strafe auf sich, sondern, wie es *vornehmer* ist, die Schuld...

24.

– Ich schliesse mit drei Fragezeichen, man sieht es wohl. „Wird hier eigentlich ein Ideal aufgerichtet oder eines abgebrochen?“ so fragt man mich vielleicht... Aber habt ihr euch selber je genug gefragt, wie theuer sich auf Erden die Aufrichtung *jedes* Ideals bezahlt gemacht hat? Wie viel Wirklichkeit immer dazu verleumdet und verkannt, wie viel Lüge geheiligt, wie viel Gewissen verstört, wie viel „Gott“ jedes Mal geopfert werden musste? Damit ein Heiligthum aufgerichtet werden kann, *muss ein Heiligthum zerbrochen werden*: das ist das Gesetz – man zeige mir den Fall, wo es nicht erfüllt ist!... Wir modernen Menschen, wir sind die Erben der Gewissens-Vivisektion und Selbst-Thierquälerei von Jahrtausenden: darin haben wir unsre längste Übung, unsre Künstlerschaft vielleicht, in jedem Fall unser Raffinement, unsre Geschmacks-Verwöhnung. Der Mensch hat allzulange seine natürlichen Hänge mit „bösem Blick“ betrachtet, so dass sie sich in ihm schliesslich mit dem „schlechten Gewissen“ verschwistert haben. Ein umgekehrter Versuch wäre *an sich* möglich – aber wer ist stark genug dazu? – nämlich die *unnatürlichen* Hänge, alle jene Aspirationen zum Jenseitigen, Sinnenwidrigen, Instinktwidrigen, Naturwidrigen, Thierwidrigen, kurz die bisherigen Ideale, die allesammt lebensfeindliche Ideale, Weltverleumder-Ideale sind, mit dem schlechten Gewissen zu verschwistern. An wen sich heute mit *solchen* Hoffnungen und Ansprüchen wenden?... Gerade die *guten* Menschen hätte man damit gegen sich; dazu, wie billig, die bequemen, die versöhnten, die eitlen, die schwärmerischen, die müden... Was beleidigt tiefer, was trennt so gründlich ab, als etwas von der Strenge und Höhe merken zu lassen, mit der man sich selbst behandelt? Und wiederum – wie entgegenkommend, wie liebreich zeigt sich alle Welt gegen uns, so bald wir es machen wie alle Welt und uns „gehen lassen“ wie alle Welt!... Es bedürfte zu jenem Ziele einer *andren* Art Geister, als gerade in diesem Zeitalter wahrscheinlich sind: Geister, durch Kriege und Siege gekräftigt, denen die Eroberung, das Abenteuer, die Gefahr, der Schmerz sogar zum Bedürfniss geworden ist; es bedürfte dazu der Gewöhnung an scharfe hohe Luft, an winterliche Wanderungen, an Eis und Gebirge in jedem Sinne, es bedürfte dazu einer Art sublimer Bosheit selbst, eines letzten selbstgewissesten Muthwillens der Erkenntniss, welcher zur grossen Gesundheit gehört, es bedürfte, kurz und schlimm genug, eben dieser *grossen Gesundheit*!... Ist diese gerade heute auch nur möglich?... Aber irgendwann, in einer stärkeren Zeit, als diese morsche, selbstzweiflerische Gegenwart ist, muss er uns doch kommen, der *erlösende* Mensch der grossen Liebe und Verachtung, der schöpferische Geist, den seine drängende Kraft aus allem Abseits und Jenseits immer wieder wegtreibt, dessen Einsamkeit vom Volke missverstanden wird, wie als ob sie eine Flucht *vor* der Wirklichkeit sei –: während sie nur seine Versenkung, Vergrabung, Vertiefung *in* die Wirklichkeit ist, damit er einst aus ihr, wenn er wieder an's Licht kommt, die *Erlösung* dieser Wirklichkeit heimbringe: ihre Erlösung von dem Fluche, den das bisherige Ideal auf sie gelegt hat. Dieser Mensch der Zukunft, der uns ebenso vom bisherigen Ideal erlösen wird, als von dem, *was aus ihm wachsen musste*, vom grossen Ekel, vom Willen zum Nichts, vom Nihilismus, dieser Glockenschlag des Mittags und der grossen Entscheidung, der den Willen wieder frei macht, der der Erde ihr Ziel und dem Menschen seine Hoffnung zurückgiebt, dieser Antichrist und Antinihilist, dieser Besieger Gottes und des Nichts – *er muss einst kommen*...

25.

– Aber was rede ich da? Genug! Genug! An dieser Stelle geziemt mir nur Eins, zu schweigen: ich vergriffe mich sonst an dem, was einem Jüngeren allein freisteht, einem „Zukünftigeren“, einem Stärkeren, als ich bin, – was allein *Zarathustra* freisteht, *Zarathustra dem Gottlosen*...

Dritte Abhandlung: was bedeuten asketische Ideale?

Unbekümmert, spöttisch, gewaltthätig – so will *uns* die Weisheit: sie ist ein Weib, sie liebt immer nur einen Kriegsmann.

Also sprach Zarathustra.

1.

Was bedeuten asketische Ideale? – Bei Künstlern Nichts oder zu Vielerlei; bei Philosophen und Gelehrten Etwas wie Witterung und Instinkt für die günstigsten Vorbedingungen hoher Geistigkeit; bei Frauen, besten Falls, eine Liebenswürdigkeit der Verführung *mehr*, ein wenig morbidezza auf schönem Fleische, die Engelhaftigkeit eines hübschen fetten Thiers; bei physiologisch Verunglückten und Verstimmten (bei der *Mehrzahl* der Sterblichen) einen Versuch, sich „zu gut" für diese Welt vorzukommen, eine heilige Form der Ausschweifung, ihr Hauptmittel im Kampf mit dem langsamen Schmerz und der Langenweile; bei Priestern den eigentlichen Priesterglauben, ihr bestes Werkzeug der Macht, auch die „allerhöchste" Erlaubniss zur Macht; bei Heiligen endlich einen Vorwand zum Winterschlaf, ihre novissima gloriae cupido, ihre Ruhe im Nichts („Gott"), ihre Form des Irrsinns. *Dass* aber überhaupt das asketische Ideal dem Menschen so viel bedeutet hat, darin drückt sich die Grundthatsache des menschlichen Willens aus, sein horror vacui: *er braucht ein Ziel*, – und eher will er noch *das Nichts* wollen, als *nicht* wollen. – Versteht man mich?... Hat man mich verstanden?... *„Schlechterdings nicht! mein Herr"* – Fangen wir also von vorne an.

2.

Was bedeuten asketische Ideale? – Oder, dass ich einen einzelnen Fall nehme, in Betreff dessen ich oft genug um Rath gefragt worden bin, was bedeutet es zum Beispiel, wenn ein Künstler wie Richard Wagner in seinen alten Tagen der Keuschheit eine Huldigung darbringt? In einem gewissen Sinne freilich hat er dies immer gethan; aber erst zu allerletzt in einem asketischen Sinne. Was bedeutet diese „Sinnes"-Änderung, dieser radikale Sinnes-Umschlag? – denn ein solcher war es, Wagner sprang damit geradewegs in seinen Gegensatz um. Was bedeutet es, wenn ein Künstler in seinen Gegensatz umspringt?... Hier kommt uns, gesetzt, dass wir bei dieser Frage ein wenig Halt machen wollen, alsbald die Erinnerung an die beste, stärkste, frohmüthigste, *muthigste* Zeit, welche es vielleicht im Leben Wagner's gegeben hat: das war damals, als ihn innerlich und tief der Gedanke der Hochzeit Luther's beschäftigte. Wer weiss, an welchen Zufällen es eigentlich gehangen hat, dass wir heute an Stelle dieser Hochzeits-Musik die Meistersinger besitzen? Und wie viel in diesen vielleicht noch von jener fortklingt? Aber keinem Zweifel unterliegt es, dass es sich auch bei dieser „Hochzeit Luther's“ um ein Lob der Keuschheit gehandelt haben würde. Allerdings auch um ein Lob der Sinnlichkeit: – und gerade so schiene es mir in Ordnung, gerade so wäre es auch „Wagnerisch“ gewesen. Denn zwischen Keuschheit und Sinnlichkeit giebt es keinen nothwendigen Gegensatz; jede gute Ehe, jede eigentliche Herzensliebschaft ist über diesen Gegensatz hinaus. Wagner hätte, wie mir scheint, wohlgethan, diese *angenehme* Thatsächlichkeit seinen Deutschen mit Hülfe einer holden und tapferen Luther-Komödie wieder einmal zu Gemüthe zu führen, denn es giebt und gab unter den Deutschen immer viele Verleumder der Sinnlichkeit; und Luther's Verdienst ist vielleicht in Nichts grösser als gerade darin, den Muth zu seiner *Sinnlichkeit* gehabt zu haben (– man hiess sie damals, zart genug, die „evangelische Freiheit“...) Selbst aber in jenem Falle, wo es wirklich jenen Gegensatz zwischen Keuschheit und Sinnlichkeit giebt, braucht es glücklicher Weise noch lange kein tragischer Gegensatz zu sein. Dies dürfte wenigstens für alle wohlgeratheneren, wohlgemutheren Sterblichen gelten, welche ferne davon sind, ihr labiles Gleichgewicht zwischen „Thier und Engel“ ohne Weiteres zu den Gegengründen des Daseins zu rechnen, – die Feinsten und Hellsten, gleich Goethen, gleich Hafis, haben darin sogar einen Lebenszeiz *mehr* gesehn. Solche „Widersprüche“ gerade verführen zum Dasein... Andrerseits versteht es sich nur zu gut, dass wenn einmal die verunglückten Schweine dazu gebracht werden, die Keuschheit anzubeten – und es giebt solche Schweine! – sie in ihr nur ihren Gegensatz, den Gegensatz zum verunglückten Schweine sehn und anbeten werden – oh mit was für einem tragischen Gegrunz und Eifer! man kann es sich denken – jenen peinlichen und überflüssigen Gegensatz, den Richard Wagner unbestreitbar am Ende seines Lebens noch hat in Musik setzen und auf die Bühne stellen wollen. *Wozu doch*? wie man billig fragen darf. Denn was giengen ihn, was gehen uns die Schweine an? –

3.

Dabei ist freilich jene andre Frage nicht zu umgehn, was ihn eigentlich jene männliche (ach, so unmännliche) „Einfalt vom Lande“ angieng, jener arme Teufel und Naturbursch Parsifal, der von ihm mit so verfänglichen Mitteln schliesslich katholisch gemacht wird – wie? war dieser Parsifal überhaupt *ernst* gemeint? Man könnte nämlich versucht sein, das Umgekehrte zu muthmaassen, selbst zu wünschen, – dass der Wagner'sche Parsifal heiter gemeint sei, gleichsam als Schlussstück und Satyrdrama, mit dem der Tragiker Wagner auf eine gerade ihm gebührende und würdige Weise von uns, auch von sich, vor Allem *von der Tragödie* habe Abschied nehmen wollen, nämlich mit einem Excess höchster und muthwilligster Parodie auf das Tragische selbst, auf den ganzen schauerlichen Erden-Ernst und Erden-Jammer von Ehedem, auf die endlich überwundene *gröbste Form* in der Widernatur des asketischen Ideals. So wäre es, wie gesagt, eines grossen Tragikers gerade würdig gewesen: als welcher, wie jeder Künstler, erst dann auf den letzten Gipfel seiner Grösse kommt, wenn er sich und seine Kunst *unter* sich zu sehen weiss, – wenn er über sich zu *lachen* weiss. Ist der „Parsifal“ Wagner's sein heimliches Überlegenheits-Lachen über sich selbst, der Triumph seiner errungenen letzten höchsten Künstler-Freiheit, Künstler-Jenseitigkeit? Man möchte es, wie gesagt, wünschen: denn was würde der *ernstgemeinte* Parsifal sein? Hat man wirklich nöthig, in ihm (wie man sich gegen mich ausgedrückt hat) „die Ausgeburt eines tollgewordenen Hasses auf Erkenntniss, Geist und Sinnlichkeit“ zu sehn? Einen Fluch auf Sinne und Geist in Einem Hass und Athem? Eine Apostasie und Umkehr zu christlich-krankhaften und obskurantistischen Idealen? Und zuletzt gar ein Sich-selbst-Verneinen, Sich-selbst-Durchstreichen von Seiten eines Künstlers, der bis dahin mit aller Macht seines Willens auf das Umgekehrte, nämlich auf *höchste Vergeistigung und Versinnlichung* seiner Kunst aus gewesen war? Und nicht nur seiner Kunst: auch seines Lebens. Man erinnere sich, wie begeistert seiner Zeit Wagner in den Fusstapfen des Philosophen Feuerbach gegangen ist: Feuerbach's Wort von der „gesunden Sinnlichkeit“ – das klang in den dreissiger und vierziger Jahren Wagner'n gleich vielen Deutschen (– sie nannten sich die „*jungen* Deutschen“) wie das Wort der Erlösung. Hat er schliesslich darüber *umgelernt*? Da es zum Mindesten scheint, dass er zuletzt den Willen hatte, darüber *umzulehren*... Und nicht nur mit den Parsifal-Posaunen von der Bühne herab: – in der trüben, ebenso unfreien als rathlosen

Schriftstellerei seiner letzten Jahre giebt es hundert Stellen, in denen sich ein heimlicher Wunsch und Wille, ein verzagter, unsicherer, uneingeständlicher Wille verräth, ganz eigentlich Umkehr, Bekehrung, Verneinung, Christenthum, Mittelalter zu predigen und seinen Jüngern zu sagen „es ist Nichts! Sucht das Heil wo anders!" Sogar das „Blut des Erlösers" wird einmal angerufen...

4.

Dass ich in einem solchen Falle, der vieles Peinliche hat, meine Meinung sage – und es ist ein *typischer* Fall –: man thut gewiss am besten, einen Künstler in so weit von seinem Werke zu trennen, dass man ihn selbst nicht gleich ernst nimmt wie sein Werk. Er ist zuletzt nur die Vorausbedingung seines Werks, der Mutterschoos, der Boden, unter Umständen der Dünger und Mist, auf dem, aus dem es wächst, – und somit, in den meisten Fällen, Etwas, das man vergessen muss, wenn man sich des Werks selbst erfreuen will. Die Einsicht in die *Herkunft* eines Werks geht die Physiologen und Vivisektoren des Geistes an: nie und nimmermehr die ästhetischen Menschen, die Artisten! Dem Dichter und Ausgestalter des Parsifal blieb ein tiefes, gründliches, selbst schreckliches Hineinleben und Hinabsteigen in mittelalterliche Seelen-Contraste, ein feindseliges Abseits von aller Höhe, Strenge und Zucht des Geistes, eine Art intellektueller *Perversität* (wenn man mir das Wort nachsehen will) ebensowenig erspart als einem schwangeren Weibe die Widerlichkeiten und Wunderlichkeiten der Schwangerschaft: als welche man, wie gesagt, *vergessen* muss, um sich des Kindes zu erfreuen. Man soll sich vor der Verwechselung hüten, in welche ein Künstler nur zu leicht selbst geräth, aus psychologischer contiguity, mit den Engländern zu reden: wie als ob er selber das *wäre*, was er darstellen, ausdenken, ausdrücken kann. Thatsächlich steht es so, dass, *wenn* er eben das wäre, er es schlechterdings nicht darstellen, ausdenken, ausdrücken würde; ein Homer hätte keinen Achill, ein Goethe keinen Faust gedichtet, wenn Homer ein Achill und wenn Goethe ein Faust gewesen wäre. Ein vollkommner und ganzer Künstler ist in alle Ewigkeit von dem „Realen", dem Wirklichen abgetrennt; andrerseits versteht man es, wie er an dieser ewigen „Unrealität" und Falschheit seines innersten Daseins mitunter bis zur Verzweiflung müde werden kann, – und dass er dann wohl den Versuch macht, einmal in das gerade ihm Verbotenste, in's Wirkliche überzugreifen, wirklich zu *sein*. Mit welchem Erfolge? Man wird es errathen... Es ist das *die typische Velleität* des Künstlers: dieselbe Velleität, welcher auch der altgewordne Wagner verfiel und die er so theuer, so verhängnissvoll hat büssen müssen (– er verlor durch sie den werthvollen Theil seiner Freunde). Zuletzt aber, noch ganz abgesehn von dieser Velleität, wer möchte nicht überhaupt wünschen, um Wagner's selber willen, dass er *anders* von uns und seiner Kunst Abschied genommen hätte, nicht mit einem Parsifal, sondern siegreicher, selbstgewisser, Wagnerischer, – weniger irreführend, weniger zweideutig in Bezug auf sein ganzes Wollen, weniger Schopenhauerisch, weniger nihilistisch?...

5.

– Was bedeuten also asketische Ideale? Im Falle eines Künstlers, wir begreifen es nachgerade: *gar Nichts*!... Oder so Vielerlei, dass es so gut ist wie gar Nichts!... Eliminiren wir zunächst die Künstler: dieselben stehen lange nicht unabhängig genug in der Welt und *gegen* die Welt, als dass ihre Werthschätzungen und deren Wandel *an sich* Theilnahme verdiente! Sie waren zu allen Zeiten Kammerdiener einer Moral oder Philosophie oder Religion; ganz abgesehn noch davon, dass sie leider oft genug die allzugeschmeidigen Höflinge ihrer Anhänger- und Gönnerschaft und spürnasige Schmeichler vor alten oder eben neu heraufkommenden Gewalten gewesen sind. Zum Mindesten brauchen sie immer eine Schutzwehr, einen Rückhalt, eine bereits begründete Autorität: die Künstler stehen nie für sich, das Alleinstehn geht wider ihre tiefsten Instinkte. So nahm zum Beispiel Richard Wagner den Philosophen Schopenhauer, als „die Zeit gekommen war", zu seinem Vordermann, zu seiner Schutzwehr: – wer möchte es auch nur für denkbar halten, dass er den *Muth* zu einem asketischen Ideal gehabt hätte, ohne den Rückhalt, den ihm die Philosophie Schopenhauer's bot, ohne die in den siebziger Jahren in Europa *zum Übergewicht* gelangende Autorität Schopenhauer's? (dabei noch nicht in Anschlag gebracht, ob im *neuen* Deutschland ein Künstler ohne die Milch frommer, reichsfrommer Denkungsart überhaupt möglich gewesen wäre). – Und damit sind wir bei der ernsthafteren Frage angelangt: was bedeutet es, wenn ein wirklicher *Philosoph* dem asketischen Ideale huldigt, ein wirklich auf sich gestellter Geist wie Schopenhauer, ein Mann und Ritter mit erzenem Blick, der den Muth zu sich selber hat, der allein zu stehn weiss und nicht erst auf Vordermänner und höhere Winke wartet? – Erwägen wir hier sofort die merkwürdige und für manche Art Mensch selbst fascinirende Stellung Schopenhauer's zur *Kunst*: denn sie ist es ersichtlich gewesen, um derentwillen *zunächst* Richard Wagner zu Schopenhauer übertrat (überredet dazu durch einen Dichter, wie man weiss, durch Herwegh), und dies bis zu dem Maasse, dass sich damit ein vollkommner theoretischer Widerspruch zwischen seinem früheren und seinem späteren ästhetischen Glauben aufriss, – ersterer zum Beispiel in „Oper und Drama" ausgedrückt, letzterer in den Schriften, die er von 1870 an herausgab. In Sonderheit änderte Wagner, was vielleicht am meisten befremdet, von da an rücksichtslos sein Urtheil über Werth und Stellung der *Musik* selbst: was lag ihm daran, dass er bisher aus ihr ein Mittel, ein Medium, ein „Weib" gemacht hatte, das schlechterdings eines Zweckes, eines Manns bedürfe um zu gedeihn – nämlich des Drama's! Er begriff mit Einem Male, dass mit der Schopenhauer'schen Theorie und Neuerung *mehr* zu machen sei in majorem musicae gloriam, – nämlich mit der *Souverainetät* der Musik, so wie sie Schopenhauer begriff: die Musik abseits gestellt gegen alle übrigen Künste, die unabhängige Kunst an sich, *nicht*, wie diese, Abbilder der Phänomenalität bietend, vielmehr die Sprache *des* Willens selbst redend, unmittelbar aus dem „Abgrunde" heraus, als dessen eigenste, ursprünglichste, unabgeleitetste Offenbarung. Mit dieser ausserordentlichen Werthsteigerung der Musik, wie sie aus der Schopenhauer'schen Philosophie zu erwachsen schien, stieg mit Einem Male auch *der Musiker* selbst unerhört im Preise: er wurde nunmehr ein Orakel, ein Priester, ja mehr als ein Priester, eine Art Mundstück des „An-sich" der Dinge, ein Telephon des Jenseits, – er redete fürderhin nicht nur Musik, dieser Bauchredner Gottes, – er redete Metaphysik: was Wunder, dass er endlich eines Tags *asketische Ideale* redete?...

6.

Schopenhauer hat sich die Kantische Fassung des ästhetischen Problems zu Nutze gemacht, – obwohl er es ganz gewiss nicht mit Kantischen Augen angeschaut hat. Kant gedachte der Kunst eine Ehre zu erweisen, als er unter den Prädikaten des Schönen diejenigen bevorzugte und in den Vordergrund stellte, welche die Ehre der Erkenntniss ausmachen: Unpersönlichkeit und Allgemeingültigkeit. Ob dies nicht in der Hauptsache ein Fehlgriff war, ist hier nicht am Orte zu verhandeln; was ich allein unterstreichen will, ist, dass Kant, gleich allen Philosophen, statt von den Erfahrungen des Künstlers (des Schaffenden) aus das ästhetische Problem zu visiren, allein vom „Zuschauer" aus über die Kunst und das Schöne nachgedacht und dabei unvermerkt den „Zuschauer" selber in den Begriff „schön" hinein bekommen hat. Wäre aber wenigstens nur dieser „Zuschauer" den Philosophen des Schönen ausreichend bekannt gewesen! – nämlich als eine grosse *persönliche* Thatsache und Erfahrung, als eine Fülle eigenster starker Erlebnisse, Begierden, Überraschungen, Entzückungen auf dem Gebiete des Schönen! Aber das

Gegentheil war, wie ich fürchte, immer der Fall: und so bekommen wir denn von ihnen gleich von Anfang an Definitionen, in denen, wie in jener berühmten Definition, die Kant vom Schönen giebt, der Mangel an feinerer Selbst-Erfahrung in Gestalt eines dicken Wurms von Grundirrthum sitzt. „Schön ist, hat Kant gesagt, was *ohne Interesse* gefällt.“ Ohne Interesse! Man vergleiche mit dieser Definition jene andre, die ein wirklicher „Zuschauer“ und Artist gemacht hat – Stendhal, der das Schöne einmal une promesse de bonheur nennt. Hier ist jedenfalls gerade Das *abgelehnt* und ausgestrichen, was Kant allein am ästhetischen Zustande hervorhebt: le désintéressement. Wer hat Recht, Kant oder Stendhal? – Wenn freilich unsre Aesthetiker nicht müde werden, zu Gunsten Kant's in die Wagschale zu werfen, dass man unter dem Zauber der Schönheit *sogar* gewandlose weibliche Statuen „ohne Interesse“ anschauen könne, so darf man wohl ein wenig auf ihre Unkosten lachen: – die Erfahrungen der *Künstler* sind in Bezug auf diesen heiklen Punkt „interessanter“, und Pygmalion war jedenfalls *nicht* nothwendig ein „unästhetischer Mensch“. Denken wir um so besser von der Unschuld unsrer Aesthetiker, welche sich in solchen Argumenten spiegelt, rechnen wir es zum Beispiel Kanten zu Ehren an, was er über das Eigenthümliche des Tastsinns mit landpfarrermässiger Naivetät zu lehren weiss! – Und hier kommen wir auf Schopenhauer zurück, der in ganz andrem Maasse als Kant den Künsten nahestand und doch nicht aus dem Bann der Kantischen Definition herausgekommen ist: wie kam das? Der Umstand ist wunderlich genug: das Wort „ohne Interesse“ interpretirte er sich in der allerpersönlichsten Weise, aus einer Erfahrung heraus, die bei ihm zu den regelmässigsten gehört haben muss. über wenig Dinge redet Schopenhauer so sicher wie über die Wirkung der ästhetischen Contemplation: er sagt ihr nach, dass sie gerade der *geschlechtlichen* "Interessirtheit“ entgegenwirke, ähnlich also wie Lupulin und Kampher, er ist nie müde geworden, *dieses* Loskommen vom „Willen“ als den grossen Vorzug und Nutzen des ästhetischen Zustandes zu verherrlichen. Ja man möchte versucht sein zu fragen, ob nicht seine Grundconception von „Willen und Vorstellung“, der Gedanke, dass es eine Erlösung vom „Willen“ einzig durch die „Vorstellung“ geben könne, aus einer Verallgemeinerung jener Sexual-Erfahrung ihren Ursprung genommen habe. (Bei allen Fragen in Betreff der Schopenhauer'schen Philosophie ist, anbei bemerkt, niemals ausser Acht zu lassen, dass sie die Conception eines sechsundzwanzigjährigen Jünglings ist; so dass sie nicht nur an dem Spezifischen Schopenhauer's, sondern auch an dem Spezifischen jener Jahreszeit des Lebens Antheil hat.) Hören wir zum Beispiel eine der ausdrücklichsten Stellen unter den zahllosen, die er zu Ehren des ästhetischen Zustandes geschrieben hat (Welt als Wille und Vorstellung I 231), hören wir den Ton heraus, das Leiden, das Glück, die Dankbarkeit, mit der solche Worte gesprochen worden sind. „Das ist der schmerzenslose Zustand, den Epikuros als das höchste Gut und als den Zustand der Götter pries; wir sind, für jenen Augenblick, des schnöden Willensdranges entledigt, wir feiern den Sabbat der Zuchthausarbeit des Wollens, das Rad des Ixion steht still"... Welche Vehemenz der Worte! Welche Bilder der Qual und des langen Überdrusses! Welche fast pathologische Zeit-Gegenüberstellung „jenes Augenblicks" und des sonstigen „Rads des Ixions", der „Zuchthausarbeit des Wollens", des „schnöden Willensdrangs"! – Aber gesetzt, dass Schopenhauer hundert Mal für seine Person Recht hätte, was wäre damit für die Einsicht in's Wesen des Schönen gethan? Schopenhauer hat Eine Wirkung des Schönen beschrieben, die willen-calmirende, – ist sie auch nur eine regelmässige? Stendhal, wie gesagt, eine nicht weniger sinnliche, aber glücklicher gerathene Natur als Schopenhauer, hebt eine andre Wirkung des Schönen hervor: „das Schöne *verspricht* Glück", ihm scheint gerade die *Erregung des Willens* („des Interesses") durch das Schöne der Thatbestand. Und könnte man nicht zuletzt Schopenhauern selber einwenden, dass er sehr mit Unrecht sich hierin Kantianer dünke, dass er ganz und gar nicht die Kantische Definition des Schönen Kantisch verstanden habe, – dass auch ihm das Schöne aus einem „Interesse" gefalle, sogar aus dem allerstärksten, allerpersönlichsten Interesse: dem des Torturirten, der von seiner Tortur loskommt?... Und, um auf unsre erste Frage zurückzukommen „was *bedeutet* es, wenn ein Philosoph dem asketischen Ideale huldigt?", so bekommen wir hier wenigstens einen ersten Wink: er will *von einer Tortur loskommen*. –

7.

Hüten wir uns, bei dem Wort „Tortur" gleich düstere Gesichter zu machen: es bleibt gerade in diesem Falle genug dagegen zu rechnen, genug abzuziehn, – es bleibt selbst etwas zu lachen. Unterschätzen wir es namentlich nicht, dass Schopenhauer, der die Geschlechtlichkeit in der That als persönlichen Feind behandelt hat (einbegriffen deren Werkzeug, das Weib, dieses „instrumentum diaboli"), Feinde *nöthig* hatte, um guter Dinge zu bleiben; dass er die grimmigen galligen schwarzgrünen Worte liebte; dass er zürnte, um zu zürnen, aus Passion; dass er krank geworden wäre, *Pessimist* geworden wäre (– denn er war es nicht, so sehr er es auch wünschte) ohne seine Feinde, ohne Hegel, das Weib, die Sinnlichkeit und den ganzen Willen zum Dasein, Dableiben. Schopenhauer wäre sonst *nicht* dageblieben, darauf darf man wetten, er wäre davongelaufen: seine Feinde aber hielten ihn fest, seine Feinde verführten ihn immer wieder zum Dasein, sein Zorn war, ganz wie bei den antiken Cynikern, sein Labsal, seine Erholung, sein Entgelt, sein remedium gegen den Ekel, sein *Glück*. So viel in Hinsicht auf das Persönlichste am Fall Schopenhauer's; andrerseits ist an ihm noch etwas Typisches, – und hier erst kommen wir wieder auf unser Problem. Es besteht unbestreitbar, so lange es Philosophen auf Erden giebt und überall, wo es Philosophen gegeben hat (von Indien bis England, um die entgegengesetzten Pole der Begabung für Philosophie zu nehmen) eine eigentliche Philosophen-Gereiztheit und -Rancune gegen die Sinnlichkeit – Schopenhauer ist nur deren beredtester und, wenn man das Ohr dafür hat, auch hinreissendster und entzückendster Ausbruch –; es besteht insgleichen eine eigentliche Philosophen-Voreingenommenheit und -Herzlichkeit in Bezug auf das ganze asketische Ideal, darüber und dagegen soll man sich nichts vormachen. Beides gehört, wie gesagt, zum Typus; fehlt Beides an einem Philosophen, so ist er – dessen sei man sicher – immer nur ein „sogenannter“. Was *bedeutet* das? Denn man muss diesen Thatbestand erst interpretiren: *an sich* steht er da dumm in alle Ewigkeit, wie jedes „Ding an sich“. Jedes Thier, somit auch la bête philosophe, strebt instinktiv nach einem Optimum von günstigen Bedingungen, unter denen es seine Kraft ganz herauslassen kann und sein Maximum im Machtgefühl erreicht; jedes Thier perhorreszirt ebenso instinktiv und mit einer Feinheit der Witterung, die „höher ist als alle Vernunft“, alle Art Störenfriede und Hindernisse, die sich ihm über diesen Weg zum Optimum legen oder legen könnten (– es ist *nicht* sein Weg zum „Glück“, von dem ich rede, sondern sein Weg zur Macht, zur That, zum mächtigsten Thun, und in den meisten Fällen thatsächlich sein Weg zum Unglück). Dergestalt perhorreszirt der Philosoph die *Ehe* sammt dem, was zu ihr überreden möchte, – die Ehe als Hinderniss und Verhängniss auf seinem Wege zum Optimum. Welcher grosse Philosoph war bisher verheirathet? Heraklit, Plato, Descartes, Spinoza, Leibniz, Kant, Schopenhauer – sie waren es nicht; mehr noch, man kann sie sich nicht einmal *denken* als verheirathet. Ein verheiratheter Philosoph gehört *in die Komödie*, das ist mein Satz: und jene Ausnahme Sokrates, der boshafte Sokrates hat sich, scheint es, ironice verheirathet, eigens um gerade *diesen* Satz zu demonstriren. Jeder Philosoph würde sprechen, wie einst Buddha sprach, als ihm die Geburt eines Sohnes gemeldet wurde: „Râhula ist mir geboren, eine Fessel ist mir geschmiedet“ (Râhula bedeutet hier „ein kleiner Dämon“); jedem „freien Geiste“ müsste eine nachdenkliche Stunde kommen, gesetzt, dass er vorher eine gedankenlose gehabt hat, wie sie einst demselben Buddha kam – „eng bedrängt, dachte er bei sich, ist das Leben im Hause, eine Stätte der Unreinheit; Freiheit ist im Verlassen des Hauses“: „dieweil er also dachte, verliess er das Haus“. Es sind im asketischen Ideale so viele Brücken zur *Unabhängigkeit* angezeigt, dass ein Philosoph nicht ohne ein innerliches Frohlocken und Händeklatschen die Geschichte aller jener Entschlossnen zu hören vermag, welche eines Tages Nein sagten zu aller Unfreiheit und in irgend eine *Wüste* giengen: gesetzt selbst, dass es bloss starke Esel waren und ganz und gar das Gegenstück eines starken Geistes. Was bedeutet demnach das asketische Ideal bei einem Philosophen? Meine Antwort ist – man wird es längst errathen haben: der Philosoph lächelt bei seinem Anblick einem Optimum der Bedingungen höchster und kühnster Geistigkeit zu, – er verneint *nicht* damit „das Dasein“, er bejaht darin vielmehr *sein* Dasein und *nur* sein Dasein, und dies vielleicht bis zu dem Grade, dass ihm der frevelhafte Wunsch nicht fern bleibt: pereat mundus, fiat philosophia, fiat philosophus, *fiam*!...

8.

Man sieht, das sind keine unbestochnen Zeugen und Richter über den *Werth* des asketischen Ideals, diese Philosophen! Sie denken an *sich*, – was geht sie „der Heilige“ an! Sie denken an Das dabei, was *ihnen* gerade das Unentbehrlichste ist: Freiheit von Zwang, Störung, Lärm, von Geschäften, Pflichten, Sorgen; Helligkeit im Kopf; Tanz, Sprung und Flug der Gedanken; eine gute Luft, dünn, klar, frei, trocken, wie die Luft auf Höhen ist, bei der alles animalische Sein geistiger wird und Flügel bekommt; Ruhe in allen Souterrains; alle Hunde hübsch an die Kette gelegt; kein Gebell von Feindschaft und zotteliger Rancune; keine Nagewürmer verletzten Ehrgeizes; bescheidene und unterthänige Eingeweide, fleissig wie Mühlwerke, aber fern; das Herz fremd, jenseits, zukünftig, posthum, – sie denken, Alles in Allem, bei dem asketischen Ideal an den heiteren Ascetismus eines vergöttlichten und flügge gewordnen Thiers, das über dem Leben mehr schweift als ruht. Man weiss, was die drei grossen Prunkworte des asketischen Ideals sind: Armuth, Demuth, Keuschheit: und nun sehe man sich einmal das Leben aller grossen fruchtbaren erfinderischen Geister aus der Nähe an, – man wird darin alle drei bis zu einem gewissen Grade immer wiederfinden. Durchaus *nicht*, wie sich von selbst versteht, als ob es etwa deren „Tugenden“ wären – was hat diese Art Mensch mit Tugenden zu schaffen! – sondern als die eigentlichsten und natürlichsten Bedingungen ihres *besten* Daseins, ihrer *schönsten* Fruchtbarkeit. Dabei ist es ganz wohl möglich, dass ihre dominirende Geistigkeit vorerst einem unbändigen und reizbaren Stolze oder einer muthwilligen Sinnlichkeit Zügel anzulegen hatte oder dass sie ihren Willen zur „Wüste“ vielleicht gegen einen Hang zum Luxus und zum Ausgesuchtesten, insgleichen gegen eine verschwenderische Liberalität mit Herz und Hand schwer genug aufrecht erhielt. Aber sie that es, eben als der *dominirende* Instinkt, der seine Forderungen bei allen andren Instinkten durchsetzte – sie thut es noch; thäte sie's nicht, so dominirte sie eben nicht. Daran ist also nichts von „Tugend“. Die *Wüste* übrigens, von welcher ich eben sprach, in die sich die starken, unabhängig gearteten Geister zurückziehn und vereinsamen – oh wie anders sieht sie aus, als die Gebildeten sich eine Wüste träumen! – unter Umständen sind sie es nämlich selbst, diese Gebildeten. Und gewiss ist es, dass alle Schauspieler des Geistes es schlechterdings nicht in ihr aushielten, – für sie ist sie lange nicht romantisch und syrisch genug, lange nicht Theater-Wüste genug! Es fehlt allerdings auch in ihr nicht an Kameelen: darauf aber beschränkt sich die ganze Ähnlichkeit. Eine willkürliche Obskurität vielleicht; ein Aus-dem-Wege-Gehn vor sich selber; eine Scheu vor Lärm, Verehrung, Zeitung, Einfluss; ein kleines Amt, ein Alltag, Etwas, das mehr verbirgt als an's Licht stellt; ein Umgang gelegentlich mit harmlosem heitren Gethier und Geflügel, dessen Anblick erholt; ein Gebirge zur Gesellschaft, aber kein todtes, eins mit *Augen* (das heisst mit Seen); unter Umständen selbst ein Zimmer in einem vollen Allerwelts-Gasthof, wo man sicher ist, verwechselt zu werden, und ungestraft mit Jedermann reden kann, – das ist hier „Wüste“: oh sie ist einsam genug, glaubt es mir! Wenn Heraklit sich in die Freihöfe und Säulengänge des ungeheuren Artemis-Tempels zurückzog, so war diese „Wüste“ würdiger, ich gebe es zu: weshalb *fehlen* uns solche Tempel? (– sie fehlen uns vielleicht *nicht*: eben gedenke ich meines schönsten Studirzimmers, der Piazza di San Marco, Frühling vorausgesetzt, insgleichen Vormittag, die Zeit zwischen 10 und 12.) Das aber, dem Heraklit auswich, ist das Gleiche noch, dem *wir* jetzt aus dem Wege gehn: der Lärm und das Demokraten-Geschwätz der Ephesier, ihre Politik, ihre Neuigkeiten vom „Reich“ (Persien, man versteht mich), ihr Markt-Kram von „Heute“, – denn wir Philosophen brauchen zu allererst vor Einem Ruhe: vor allem „Heute“. Wir verehren das Stille, das Kalte, das Vornehme, das Ferne, das Vergangne, Jegliches überhaupt, bei dessen Aspekt die Seele sich nicht zu vertheidigen und zuzuschnüren hat, – Etwas, mit dem man reden kann, ohne *laut* zu reden. Man höre doch nur auf den Klang, den ein Geist hat, wenn er redet: jeder Geist hat seinen Klang, liebt seinen Klang. Das dort zum Beispiel muss wohl ein Agitator sein, will sagen ein Hohlkopf, Hohltopf: was auch nur in ihn hineingeht, jeglich Ding kommt dumpf und dick aus ihm zurück, beschwert mit dem Echo der grossen Leere. Jener dort spricht selten anders als heiser: hat er sich vielleicht heiser *gedacht*? Das wäre möglich – man frage die Physiologen –, aber wer in *Worten* denkt, denkt als Redner und nicht als Denker (es verräth, dass er im Grunde nicht Sachen, nicht sachlich denkt, sondern nur in Hinsicht auf Sachen, dass er eigentlich *sich* und seine Zuhörer denkt). Dieser Dritte da redet aufdringlich, er tritt zu nahe uns an den Leib, sein Athem haucht uns an, – unwillkürlich schliessen wir den Mund, obwohl es ein Buch ist, durch das er zu uns spricht: der Klang seines Stils sagt den Grund davon, – dass er keine Zeit hat, dass er schlecht an sich selber glaubt, dass er heute oder niemals mehr zu Worte kommt. Ein Geist aber, der seiner selbst gewiss ist, redet leise; er sucht die Verborgenheit, er lässt auf sich warten. Man erkennt einen Philosophen daran, dass er drei glänzenden und lauten Dingen aus dem Wege geht, dem Ruhme, den Fürsten und den Frauen: womit nicht gesagt ist, dass sie nicht zu ihm kämen. Er scheut allzuhelles Licht: deshalb scheut er seine Zeit und deren „Tag". Darin ist er wie ein Schatten: je mehr ihm die Sonne sinkt, um so grösser wird er. Was seine „Demuth" angeht, so verträgt er, wie er das Dunkel verträgt, auch eine gewisse Abhängigkeit und Verdunkelung: mehr noch, er fürchtet sich vor der Störung durch Blitze, er schreckt vor der Ungeschütztheit eines allzu isolirten und preisgegebenen Baums zurück, an dem jedes schlechte Wetter seine Laune, jede Laune ihr schlechtes Wetter auslässt. Sein „mütterlicher" Instinkt, die geheime Liebe zu dem, was in ihm wächst, weist ihn auf Lagen hin, wo man es ihm abnimmt, *an sich* zu denken; in gleichem Sinne, wie der Instinkt der *Mutter* im Weibe die abhängige Lage des Weibes überhaupt bisher festgehalten hat. Sie verlangen zuletzt wenig genug, diese Philosophen, ihr Wahlspruch ist „wer besitzt, wird besessen" –: *nicht*, wie ich wieder und wieder sagen muss, aus einer Tugend, aus einem verdienstlichen Willen zur Genügsamkeit und Einfalt, sondern weil es ihr oberster Herr *so* von ihnen verlangt, klug und unerbittlich verlangt: als welcher nur für Eins Sinn hat und Alles, Zeit, Kraft, Liebe, Interesse nur dafür sammelt, nur dafür aufspart. Diese Art Mensch liebt es nicht, durch Feindschaften gestört zu werden, auch durch Freundschaften nicht: sie vergisst oder verachtet leicht. Es dünkt ihr ein schlechter Geschmack, den Märtyrer zu machen; „für die Wahrheit zu *leiden*" – das überlässt sie den Ehrgeizigen und Bühnenhelden des Geistes und wer sonst Zeit genug dazu hat (– sie selbst, die Philosophen, haben Etwas für die Wahrheit zu *thun*). Sie machen einen sparsamen Verbrauch von grossen Worten; man sagt, dass ihnen selbst das Wort „Wahrheit" widerstehe: es klinge grossthuerisch... Was endlich die „Keuschheit“ der Philosophen anbelangt, so hat diese Art Geist ihre Fruchtbarkeit ersichtlich wo anders als in Kindern; vielleicht wo anders auch das Fortleben ihres Namens, ihre kleine Unsterblichkeit (noch unbescheidener drückte man sich im alten Indien unter Philosophen aus „wozu Nachkommenschaft Dem, dessen Seele die Welt ist?“). Darin ist Nichts von Keuschheit aus irgend einem asketischen Skrupel und Sinnenhass, so wenig es Keuschheit ist, wenn ein Athlet oder Jockey sich der Weiber enthält: so will es vielmehr, zum Mindesten für die Zeiten der grossen Schwangerschaft, ihr dominirender Instinkt. Jeder Artist weiss, wie schädlich in Zuständen grosser geistiger Spannung und Vorbereitung der Beischlaf wirkt; für die mächtigsten und instinktsichersten unter ihnen gehört dazu nicht erst die Erfahrung, die schlimme Erfahrung, – sondern eben ihr „mütterlicher“ Instinkt ist es, der hier zum Vortheil des werdenden Werkes rücksichtslos über alle sonstigen Vorräthe und Zuschüsse von Kraft, von vigor des animalen Lebens verfügt: die grössere Kraft *verbraucht* dann die kleinere. – Man lege sich übrigens den oben besprochenen Fall Schopenhauer's nach dieser Interpretation zurecht: der Anblick des Schönen wirkte offenbar bei ihm als auslösender Reiz auf die *Hauptkraft* seiner Natur (die Kraft der Besinnung und des vertieften Blicks); so dass diese dann explodirte und mit einem Male Herr des Bewusstseins wurde. Damit soll durchaus die Möglichkeit nicht ausgeschlossen sein, dass jene eigenthümliche Süssigkeit und Fülle, die dem ästhetischen Zustande eigen ist, gerade von der Ingredienz „Sinnlichkeit“ ihre Herkunft nehmen könnte, (wie aus derselben Quelle jener „Idealismus“ stammt, der mannbaren Mädchen eignet) – dass somit die Sinnlichkeit beim Eintritt des ästhetischen Zustandes nicht aufgehoben ist, wie Schopenhauer glaubte, sondern sich nur transfigurirt und nicht als Geschlechtsreiz mehr in's Bewusstsein tritt. (Auf diesen Gesichtspunkt werde ich ein andres Mal zurückkommen, im Zusammenhang mit noch delikateren Problemen der bisher so unberührten, so unaufgeschlossenen *Physiologie der Ästhetik*.)

9.

Ein gewisser Ascetismus, wir sahen es, eine harte und heitere Entsagsamkeit besten Willens gehört zu den günstigen Bedingungen höchster Geistigkeit, insgleichen auch zu deren natürlichsten Folgen: so wird es von vornherein nicht Wunder nehmen, wenn das asketische Ideal gerade von den Philosophen nie ohne einige Voreingenommenheit behandelt worden ist. Bei einer ernsthaften historischen Nachrechnung erweist sich sogar das Band zwischen asketischem

Ideal und Philosophie als noch viel enger und strenger. Man könnte sagen, dass erst am *Gängelbande* dieses Ideals die Philosophie überhaupt gelernt habe, ihre ersten Schritte und Schrittchen auf Erden zu machen – ach, noch so ungeschickt, ach, mit noch so verdrossnen Mienen, ach, so bereit, umzufallen und auf dem Bauch zu liegen, dieser kleine schüchterne Tapps und Zärtling mit krummen Beinen! Es ist der Philosophie anfangs ergangen wie allen guten Dingen, – sie hatten lange keinen Muth zu sich selber, sie sahen sich immer um, ob ihnen Niemand zu Hülfe kommen wolle, mehr noch, sie fürchteten sich vor Allen, die ihnen zusahn. Man rechne sich die einzelnen Triebe und Tugenden des Philosophen der Reihe nach vor – seinen anzweifelnden Trieb, seinen verneinenden Trieb, seinen abwartenden („ephektischen") Trieb, seinen analytischen Trieb, seinen forschenden, suchenden, wagenden Trieb, seinen vergleichenden, ausgleichenden Trieb, seinen Willen zu Neutralität und Objektivität, seinen Willen zu jedem „*sine* ira et studio" –: hat man wohl schon begriffen, dass sie allesammt die längste Zeit den ersten Forderungen der Moral und des Gewissens entgegen giengen? (gar nicht zu reden von der *Vernunft* überhaupt, welche noch Luther Fraw Klüglin die kluge Hur zu nennen liebte). Dass ein Philosoph, falls er sich zum Bewusstsein gekommen *wäre*, sich geradezu als das leibhafte „nitimur in *vetitum*" hätte fühlen müssen – und sich folglich *hütete*, „sich zu fühlen", sich zum Bewusstsein zu kommen?... Es steht, wie gesagt, nicht anders mit allen guten Dingen, auf die wir heute stolz sind; selbst noch mit dem Maasse der alten Griechen gemessen, nimmt sich unser ganzes modernes Sein, soweit es nicht Schwäche, sondern Macht und Machtbewusstsein ist, wie lauter Hybris und Gottlosigkeit aus: denn gerade die umgekehrten Dinge, als die sind, welche wir heute verehren, haben die längste Zeit das Gewissen auf ihrer Seite und Gott zu ihrem Wächter gehabt. Hybris ist heute unsre ganze Stellung zur Natur, unsre Natur-Vergewaltigung mit Hülfe der Maschinen und der so unbedenklichen Techniker- und Ingenieur-Erfindsamkeit; Hybris ist unsre Stellung zu Gott, will sagen zu irgend einer angeblichen Zweck- und Sittlichkeits-Spinne hinter dem grossen Fangnetz-Gewebe der Ursächlichkeit – wir dürften wie Karl der Kühne im Kampfe mit Ludwig dem Elften sagen „je combats l'universelle araignée" –; Hybris ist unsre Stellung zu *uns*, – denn wir experimentiren mit uns, wie wir es uns mit keinem Thiere erlauben würden, und schlitzen uns vergnügt und neugierig die Seele bei lebendigem Leibe auf: was liegt uns noch am „Heil" der Seele! Hinterdrein heilen wir uns selber: Kranksein ist lehrreich, wir zweifeln nicht daran, lehrreicher noch als Gesundsein, – die *Krankmacher* scheinen uns heute nöthiger selbst als irgend welche Medizinmänner und „Heilande“. Wir vergewaltigen uns jetzt selbst, es ist kein Zweifel, wir Nussknacker der Seele, wir Fragenden und Fragwürdigen, wie als ob Leben nichts Anderes sei, als Nüsseknacken; ebendamit müssen wir nothwendig täglich immer noch fragwürdiger, *würdiger* zu fragen werden, ebendamit vielleicht auch würdiger – zu leben?... Alle guten Dinge waren ehemals schlimme Dinge; aus jeder Erbsünde ist eine Erbtugend geworden. Die Ehe zum Beispiel schien lange eine Versündigung am Rechte der Gemeinde; man hat einst Busse dafür gezahlt, so unbescheiden zu sein und sich ein Weib für sich anzumaassen (dahin gehört zum Beispiel das jus primae noctis, heute noch in Cambodja das Vorrecht der Priester, dieser Bewahrer „alter guter Sitten“). Die sanften, wohlwollenden, nachgiebigen, mitleidigen Gefühle – nachgerade so hoch im Werthe, dass sie fast „die Werthe an sich“ sind – hatten die längste Zeit gerade die Selbstverachtung gegen sich: man schämte sich der Milde, wie man sich heute der Härte schämt. Die Unterwerfung unter das *Recht*: – oh mit was für Gewissens-Widerstande haben die vornehmen Geschlechter überall auf Erden ihrerseits Verzicht auf Vendetta geleistet und dem Recht über sich Gewalt eingeräumt! Das „Recht“ war lange ein vetitum, ein Frevel, eine Neuerung, es trat mit Gewalt auf, *als* Gewalt, der man sich nur mit Scham vor sich selber fügte. Jeder kleinste Schritt auf der Erde ist ehedem mit geistigen und körperlichen Martern erstritten worden: dieser ganze Gesichtspunkt, „dass nicht nur das Vorwärtsschreiten, nein! das Schreiten, die Bewegung, die Veränderung ihre unzähligen Märtyrer nöthig gehabt hat“, klingt gerade heute uns so fremd, – ich habe ihn in der „Morgenröthe“ S. 17 ff. an's Licht gestellt. „Nichts ist theurer erkauft, heisst es daselbst S. 19, als das Wenige von menschlicher Vernunft und vom Gefühle der Freiheit, was jetzt unsern Stolz ausmacht. Dieser Stolz aber ist es, dessentwegen es uns jetzt fast unmöglich wird, mit jenen ungeheuren Zeitstrecken der „Sittlichkeit der Sitte“ zu empfinden, welche der „Weltgeschichte“ vorausliegen, als die wirkliche und entscheidende Hauptgeschichte, welche den Charakter der Menschheit festgestellt hat: wo das Leiden als Tugend, die Grausamkeit als Tugend, die Verstellung als Tugend, die Rache als Tugend, die Verleugnung der Vernunft als Tugend, dagegen das Wohlbefinden als Gefahr, die Wissbegierde als Gefahr, der Friede als Gefahr, das Mitleiden als Gefahr, das Bemitleidetwerden als Schimpf, die Arbeit als Schimpf, der Wahnsinn als Göttlichkeit, die *Veränderung* als das Unsittliche und Verderbenschwangere an sich überall in Geltung war!“ –

10.

In demselben Buche S. 39 ist auseinandergesetzt, in welcher Schätzung, unter welchem *Druck* von Schätzung das älteste Geschlecht contemplativer Menschen zu leben hatte, – genau so weit verachtet als es nicht gefürchtet wurde! Die Contemplation ist in vermummter Gestalt, in einem zweideutigen Ansehn, mit einem bösen Herzen und oft mit einem geängstigten Kopfe zuerst auf der Erde erschienen: daran ist kein Zweifel. Das Inaktive, Brütende, Unkriegerische in den Instinkten contemplativer Menschen legte lange ein tiefes Misstrauen um sie herum: dagegen gab es kein anderes Mittel als entschieden *Furcht* vor sich erwecken. Und darauf haben sich zum Beispiel die alten Brahmanen verstanden! Die ältesten Philosophen wussten ihrem Dasein und Erscheinen einen Sinn, einen Halt und Hintergrund zu geben, auf den hin man sie *fürchten* lernte: genauer erwogen, aus einem noch fundamentaleren Bedürfnisse heraus, nämlich um vor sich selbst Furcht und Ehrfurcht zu gewinnen. Denn sie fanden in sich alle Werthurtheile *gegen* sich gekehrt, sie hatten gegen „den Philosophen in sich" jede Art Verdacht und Widerstand niederzukämpfen. Dies thaten sie, als Menschen furchtbarer Zeitalter, mit furchtbaren Mitteln: die Grausamkeit gegen sich, die erfinderische Selbstkasteiung – das war das Hauptmittel dieser machtdurstigen Einsiedler und Gedanken-Neuerer, welche es nöthig hatten, in sich selbst erst die Götter und das Herkömmliche zu vergewaltigen, um selbst an ihre Neuerung *glauben* zu können. Ich erinnere an die berühmte Geschichte des Königs Viçvamitra, der aus tausendjährigen Selbstmarterungen ein solches Machtgefühl und Zutrauen zu sich gewann, dass er es unternahm, einen *neuen Himmel* zu bauen: das unheimliche Symbol der ältesten und jüngsten Philosophen-Geschichte auf Erden, – Jeder, der irgendwann einmal einen „neuen Himmel" gebaut hat, fand die Macht dazu erst in der *eignen Hölle*... Drücken wir den ganzen Thatbestand in kurze Formeln zusammen: der philosophische Geist hat sich zunächst immer in die *früher festgestellten* Typen des contemplativen Menschen verkleiden und verpuppen müssen, als Priester, Zauberer, Wahrsager, überhaupt als religiöser Mensch, um in irgend einem Maasse auch nur *möglich zu sein: das asketische Ideal* hat lange Zeit dem Philosophen als Erscheinungsform, als Existenz-Voraussetzung gedient, – er musste es *darstellen*, um Philosoph sein zu können, er musste an dasselbe *glauben*, um es darstellen zu können. Die eigenthümlich weltverneinende, lebensfeindliche, sinnenungläubige, entsinnlichte Abseits-Haltung der Philosophen, welche bis auf die neueste Zeit festgehalten worden ist und damit beinahe als *Philosophen-Attitüde an sich* Geltung gewonnen hat, – sie ist vor Allem eine Folge des Nothstandes von Bedingungen, unter denen Philosophie überhaupt entstand und bestand: insofern nämlich die längste Zeit Philosophie auf Erden *gar nicht möglich* gewesen wäre ohne eine asketische Hülle und Einkleidung, ohne ein asketisches Selbst-Missverständniss. Anschaulich und augenscheinlich ausgedrückt: der *asketische Priester* hat bis auf die neueste Zeit die widrige und düstere Raupenform abgegeben, unter der allein die Philosophie leben durfte und herumschlich... Hat sich das wirklich *verändert*? Ist das bunte und gefährliche Flügelthier, jener „Geist", den diese Raupe in sich barg, wirklich, Dank einer sonnigeren, wärmeren, aufgehellteren Welt, zuletzt doch noch entkuttet und in's Licht hinausgelassen worden? Ist heute schon genug Stolz, Wagniss, Tapferkeit, Selbstgewissheit, Wille des Geistes, Wille zur Verantwortlichkeit, *Freiheit des Willens* vorhanden, dass wirklich nunmehr auf Erden „der Philosoph" – *möglich* ist?...

11.

Jetzt erst, nachdem wir den *asketischen Priester* in Sicht bekommen haben, rücken wir unsrem Probleme: was bedeutet das asketische Ideal? ernsthaft auf den Leib, – jetzt erst wird es „Ernst": wir haben nunmehr den eigentlichen *Repräsentanten des Ernstes* überhaupt uns gegenüber. „Was bedeutet aller Ernst?" – diese noch grundsätzlichere Frage legt sich vielleicht hier schon auf unsre Lippen: eine Frage für Physiologen, wie billig, an der wir aber einstweilen noch vorüberschlüpfen. Der asketische Priester hat in jenem Ideale nicht nur seinen Glauben, sondern auch seinen Willen, seine Macht, sein Interesse. Sein *Recht* zum Dasein steht und fällt mit jenem Ideale: was Wunder, dass wir hier auf einen furchtbaren Gegner stossen, gesetzt nämlich, dass wir die Gegner jenes Ideales wären? einen solchen, der um seine Existenz gegen die Leugner jenes Ideales kämpft?... Andrerseits ist es von vornherein nicht wahrscheinlich, dass eine dergestalt interessirte Stellung zu unsrem Probleme diesem sonderlich zu Nutze kommen wird; der asketische Priester wird schwerlich selbst nur den glücklichsten Vertheidiger seines Ideals abgeben, aus dem gleichen Grunde, aus dem es einem Weibe zu misslingen pflegt, wenn es „das Weib an sich" vertheidigen will, – geschweige denn den objektivsten Beurtheiler und Richter der hier aufgeregten Controverse. Eher also werden wir ihm noch zu helfen haben – so viel liegt jetzt schon auf der Hand – sich gut gegen uns zu vertheidigen als dass wir zu fürchten hätten, zu gut von ihm widerlegt zu werden... Der Gedanke, um den hier gekämpft wird, ist die *Werthung* unsres Lebens seitens der asketischen Priester: dasselbe wird (sammt dem, wozu es gehört, „Natur", „Welt", die gesammte Sphäre des Werdens und der

Vergänglichkeit) von ihnen in Beziehung gesetzt zu einem ganz andersartigen Dasein, zu dem es sich gegensätzlich und ausschliessend verhält, *es sei denn*, dass es sich etwa gegen sich selber wende, *sich selbst verneine*: in diesem Falle, dem Falle eines asketischen Lebens, gilt das Leben als eine Brücke für jenes andre Dasein. Der Asket behandelt das Leben wie einen Irrweg, den man endlich rückwärts gehn müsse, bis dorthin, wo er anfängt; oder wie einen Irrthum, den man durch die That widerlege – widerlegen *solle*: denn er *fordert*, dass man mit ihm gehe, er erzwingt, wo er kann, *seine* Werthung des Daseins. Was bedeutet das? Eine solche ungeheuerliche Werthungsweise steht nicht als Ausnahmefall und Curiosum in die Geschichte des Menschen eingeschrieben: sie ist eine der breitesten und längsten Thatsachen, die es giebt. Von einem fernen Gestirn aus gelesen, würde vielleicht die Majuskel-Schrift unsres Erden-Daseins zu dem Schluss verführen, die Erde sei der eigentlich *asketische Stern*, ein Winkel missvergnügter, hochmüthiger und widriger Geschöpfe, die einen tiefen Verdruss an sich, an der Erde, an allem Leben gar nicht loswürden und sich selber so viel Wehe thäten als möglich, aus Vergnügen am Wehethun: – wahrscheinlich ihrem einzigen Vergnügen. Erwägen wir doch, wie regelmässig, wie allgemein, wie fast zu allen Zeiten der asketische Priester in die Erscheinung tritt; er gehört keiner einzelnen Rasse an; er gedeiht überall; er wächst aus allen Ständen heraus. Nicht dass er etwa seine Werthungsweise durch Vererbung züchtete und weiterpflanzte: das Gegentheil ist der Fall, – ein tiefer Instinkt verbietet ihm vielmehr, in's Grosse gerechnet, die Fortpflanzung. Es muss eine Necessität ersten Rangs sein, welche diese *lebensfeindliche* Species immer wieder wachsen und gedeihen macht, – es muss wohl ein *Interesse des Lebens selbst* sein, dass ein solcher Typus des Selbstwiderspruchs nicht ausstirbt. Denn ein asketisches Leben ist ein Selbstwiderspruch: hier herrscht ein Ressentiment sonder Gleichen, das eines ungesättigten Instinktes und Machtwillens, der Herr werden möchte, nicht über Etwas am Leben, sondern über das Leben selbst, über dessen tiefste, stärkste, unterste Bedingungen; hier wird ein Versuch gemacht, die Kraft zu gebrauchen, um die Quellen der Kraft zu verstopfen; hier richtet sich der Blick grün und hämisch gegen das physiologische Gedeihen selbst, in Sonderheit gegen dessen Ausdruck, die Schönheit, die Freude; während am Missrathen, Verkümmern, am Schmerz, am Unfall, am Hässlichen, an der willkürlichen Einbusse, an der Entselbstung, Selbstgeisselung, Selbstopferung ein Wohlgefallen empfunden und *gesucht* wird. Dies ist Alles im höchsten Grade paradox: wir stehen hier vor einer Zwiespältigkeit, die sich selbst zwiespältig *will*, welche sich selbst in diesem Leiden *geniesst* und in dem Maasse sogar immer selbstgewisser und triumphirender wird, als ihre eigne Voraussetzung, die physiologische Lebensfähigkeit, *abnimmt*. „Der Triumph gerade in der letzten Agonie": unter diesem superlativischen Zeichen kämpfte von jeher das asketische Ideal; in diesem Räthsel von Verführung, in diesem Bilde von Entzücken und Qual erkannte es sein hellstes Licht, sein Heil, seinen endlichen Sieg. Crux, nux, lux – das gehört bei ihm in Eins. –

12.

Gesetzt, dass ein solcher leibhafter Wille zur Contradiction und Widernatur dazu gebracht wird, zu *philosophiren*: woran wird er seine innerlichste Willkür auslassen? An dem, was am allersichersten als wahr, als real empfunden wird: er wird den *Irrthum* gerade dort suchen, wo der eigentliche Lebens-Instinkt die Wahrheit am unbedingtesten ansetzt. Er wird zum Beispiel, wie es die Asketen der Vedânta-Philosophie thaten, die Leiblichkeit zur Illusion herabsetzen, den Schmerz insgleichen, die Vielheit, den ganzen Begriffs-Gegensatz „Subjekt" und „Objekt" – Irrthümer, Nichts als Irrthümer! Seinem Ich den Glauben versagen, sich selber seine „Realität" verneinen – welcher Triumph! – schon nicht mehr bloss über die Sinne, über den Augenschein, eine viel höhere Art Triumph, eine Vergewaltigung und Grausamkeit an der *Vernunft*: als welche Wollust damit auf den Gipfel kommt, dass die asketische Selbstverachtung, Selbstverhöhnung der Vernunft dekretirt: „es *giebt* ein Reich der Wahrheit und des Seins, aber gerade die Vernunft ist davon *ausgeschlossen*!"... (Anbei gesagt: selbst noch in dem Kantischen Begriff „intelligibler Charakter der Dinge" ist Etwas von dieser lüsternen Asketen-Zwiespältigkeit rückständig, welche Vernunft gegen Vernunft zu kehren liebt: „intelligibler Charakter" bedeutet nämlich bei Kant eine Art Beschaffenheit der Dinge, von der der Intellekt gerade soviel begreift, dass sie für den Intellekt – *ganz und gar unbegreiflich* ist.) – Seien wir zuletzt, gerade als Erkennende, nicht undankbar gegen solche resolute Umkehrungen der gewohnten Perspektiven und Werthungen, mit denen der Geist allzulange scheinbar freventlich und nutzlos gegen sich selbst gewüthet hat: dergestalt einmal anders sehn, anders-sehn-*wollen* ist keine kleine Zucht und Vorbereitung des Intellekts zu seiner einstmaligen „Objektivität", – letztere nicht als „interesselose Anschauung" verstanden (als welche ein Unbegriff und Widersinn ist), sondern als das Vermögen, sein Für und Wider *in der Gewalt zu haben* und aus- und einzuhängen: so dass man sich gerade die *Verschiedenheit* der Perspektiven und der Affekt-Interpretationen für die Erkenntniss nutzbar zu machen weiss. Hüten wir uns nämlich, meine Herrn Philosophen, von nun an besser vor der gefährlichen alten Begriffs-Fabelei, welche ein „reines, willenloses, schmerzloses, zeitloses Subjekt der Erkenntniss" angesetzt hat, hüten wir uns vor den Fangarmen solcher contradiktorischen Begriffe wie „reine Vernunft", „absolute Geistigkeit", „Erkenntniss an sich": – hier wird immer ein Auge zu denken verlangt, das gar nicht gedacht werden kann, ein Auge, das durchaus keine Richtung haben soll, bei dem die aktiven und interpretirenden Kräfte unterbunden sein sollen, fehlen sollen, durch die doch Sehen erst ein Etwas-Sehen wird, hier wird also immer ein Widersinn und Unbegriff von Auge verlangt. Es giebt *nur* ein perspektivisches Sehen, *nur* ein perspektivisches „Erkennen"; und *je mehr* Affekte wir über eine Sache zu Worte kommen lassen, *je mehr* Augen, verschiedne Augen wir uns für dieselbe Sache einzusetzen wissen, um so vollständiger wird unser „Begriff" dieser Sache, unsre „Objektivität" sein. Den Willen aber überhaupt eliminiren, die Affekte sammt und sonders aushängen, gesetzt, dass wir dies vermöchten: wie? hiesse das nicht den Intellekt *castriren*?...

13.

Aber kehren wir zurück. Ein solcher Selbstwiderspruch, wie er sich im Asketen darzustellen scheint, „Leben *gegen* Leben" ist – so viel liegt zunächst auf der Hand – physiologisch und nicht mehr psychologisch nachgerechnet, einfach Unsinn. Er kann nur *scheinbar* sein; er muss eine Art vorläufigen Ausdrucks, eine Auslegung, Formel, Zurechtmachung, ein psychologisches Missverständniss von Etwas sein, dessen eigentliche Natur lange nicht verstanden, lange nicht *an sich* bezeichnet werden konnte, – ein blosses Wort, eingeklemmt in eine alte *Lücke* der menschlichen Erkenntniss. Und dass ich kurz den Thatbestand dagegen stelle: *das asketische Ideal entspringt dem Schutz- und Heil-Instinkte eines degenerirenden Lebens*, welches sich mit allen Mitteln zu halten sucht und um sein Dasein kämpft; es deutet auf eine partielle physiologische Hemmung und Ermüdung hin, gegen welche die tiefsten, intakt gebliebenen Instinkte des Lebens unausgesetzt mit neuen Mitteln und Erfindungen ankämpfen. Das asketische Ideal ist ein solches Mittel: es steht also gerade umgekehrt als es die Verehrer dieses Ideals meinen, – das Leben ringt in ihm und durch dasselbe mit dem Tode und *gegen* den Tod, das asketische Ideal ist ein Kunstgriff in der *Erhaltung* des Lebens. Dass dasselbe in dem Maasse, wie die Geschichte es lehrt, über den Menschen walten und mächtig werden konnte, in Sonderheit überall dort, wo die Civilisation und Zähmung des Menschen durchgesetzt wurde, darin drückt sich eine grosse Thatsache aus, die *Krankhaftigkeit* im bisherigen Typus des Menschen, zum Mindesten des zahm gemachten Menschen, das physiologische Ringen des Menschen mit dem Tode (genauer: mit dem Überdrusse am Leben, mit der Ermüdung, mit dem Wunsche nach dem „Ende"). Der asketische Priester ist der fleischgewordne Wunsch nach einem Anders-sein, Anderswo-sein, und zwar der höchste Grad dieses Wunsches, dessen eigentliche Inbrunst und Leidenschaft: aber eben die *Macht* seines Wünschens ist die Fessel, die ihn hier anbindet, eben damit wird er zum Werkzeug, das daran arbeiten muss, günstigere Bedingungen für das Hiersein und Mensch-sein zu schaffen, – eben mit dieser *Macht* hält er die ganze Heerde der Missrathnen, Verstimmten, Schlechtweggekommnen, Verunglückten, An-sich-Leidenden jeder Art am Dasein fest, indem er ihnen instinktiv als Hirt vorangeht. Man versteht mich bereits: dieser asketische Priester, dieser anscheinende Feind des Lebens, dieser *Verneinende*, – er gerade gehört zu den ganz grossen *conservirenden* und Ja-*schaffenden* Gewalten des Lebens... Woran sie hängt, jene Krankhaftigkeit? Denn der Mensch ist kränker, unsicherer, wechselnder, unfestgestellter als irgend ein Thier sonst, daran ist kein Zweifel, – er ist *das* kranke Thier: woher kommt das? Sicherlich hat er auch mehr gewagt, geneuert, getrotzt, das Schicksal herausgefordert als alle übrigen Thiere zusammen genommen: er, der grosse Experimentator mit sich, der Unbefriedigte, Ungesättigte, der um die letzte Herrschaft mit Thier, Natur und Göttern ringt, – er, der immer noch Unbezwungne, der ewig-Zukünftige, der vor seiner eignen drängenden Kraft keine Ruhe mehr findet, so dass ihm seine Zukunft unerbittlich wie ein Sporn im Fleische jeder Gegenwart wühlt: – wie sollte ein solches muthiges und reiches Thier nicht auch das am meisten gefährdete, das am Längsten und Tiefsten kranke unter allen kranken Thieren sein?... Der Mensch hat es satt, oft genug, es giebt ganze Epidemien dieses Satthabens (– so um 1348 herum, zur Zeit des Todtentanzes): aber selbst noch dieser Ekel, diese Müdigkeit, dieser Verdruss an sich selbst – Alles tritt an ihm so mächtig heraus, dass es sofort wieder zu einer neuen Fessel wird. Sein Nein, das er zum Leben spricht, bringt wie durch einen Zauber eine Fülle zarterer Ja's an's Licht; ja wenn er sich *verwundet*, dieser Meister der Zerstörung, Selbstzerstörung, – hinterdrein ist es die Wunde selbst, die ihn zwingt, *zu leben*...

14.

Je normaler die Krankhaftigkeit am Menschen ist – und wir können diese Normalität nicht in Abrede stellen –, um so höher sollte man die seltnen Fälle der seelisch-leiblichen Mächtigkeit, die *Glücksfälle* des Menschen in Ehren halten, um so strenger die Wohlgerathenen vor der schlechtesten Luft, der Kranken-Luft behüten. Thut man das?... Die Kranken sind die grösste Gefahr für die Gesunden; *nicht* von den Stärksten kommt das Unheil für die Starken, sondern von den Schwächsten. Weiss man das?... In's Grosse gerechnet, ist es durchaus nicht die Furcht vor dem Menschen, deren Verminderung man wünschen dürfte: denn diese Furcht zwingt die Starken dazu, stark, unter Umständen furchtbar zu sein, - sie hält den wohlgerathenen Typus Mensch *aufrecht*. Was zu fürchten ist, was verhängnissvoll wirkt wie kein andres Verhängniss, das wäre nicht die grosse Furcht, sondern der grosse *Ekel* vor dem Menschen; insgleichen das grosse *Mitleid* mit dem Menschen. Gesetzt, dass diese beiden eines Tages sich begatteten, so würde unvermeidlich sofort etwas vom Unheimlichsten zur Welt kommen, der „letzte Wille" des Menschen, sein Wille zum Nichts, der Nihilismus. Und in der That: hierzu ist Viel vorbereitet. Wer nicht nur seine Nase zum Riechen hat, sondern auch seine Augen und Ohren, der spürt fast überall, wohin er heute auch nur tritt, etwas wie Irrenhaus-, wie Krankenhaus-Luft, - ich rede, wie billig, von den Culturgebieten des Menschen, von jeder Art „Europa", das es nachgerade auf Erden giebt. Die *Krankhaften* sind des Menschen grosse Gefahr: *nicht* die Bösen, *nicht* die „Raubthiere". Die von vornherein Verunglückten, Niedergeworfnen, Zerbrochnen - sie sind es, die *Schwächsten* sind es, welche am Meisten das Leben unter Menschen unterminiren, welche unser Vertrauen zum Leben, zum Menschen, zu uns am gefährlichsten vergiften und in Frage stellen. Wo entgienge man ihm, jenem verhängten Blick, von dem man eine tiefe Traurigkeit mit fortträgt, jenem zurückgewendeten Blick des Missgebornen von Anbeginn, der es verräth, wie ein solcher Mensch zu sich selber spricht, - jenem Blick, der ein Seufzer ist. „Möchte ich irgend Jemand Anderes sein! so seufzt dieser Blick: aber da ist keine Hoffnung. Ich bin, der ich bin: wie käme ich von mir selber los? Und doch - *habe ich mich satt*!"... Auf solchem Boden der Selbstverachtung, einem eigentlichen Sumpfboden, wächst jedes Unkraut, jedes Giftgewächs, und alles so klein, so versteckt, so unehrlich, so süsslich. Hier wimmeln die Würmer der Rach- und Nachgefühle; hier stinkt die Luft nach Heimlichkeiten und Uneingeständlichkeiten; hier spinnt sich beständig das Netz der bösartigsten Verschwörung, - der Verschwörung der Leidenden gegen die Wohlgerathenen und Siegreichen, hier wird der Aspekt des Siegreichen *gehasst*. Und welche Verlogenheit, um diesen Hass nicht als Hass einzugestehn! Welcher Aufwand an grossen Worten und Attitüden, welche Kunst der „rechtschaffnen" Verleumdung! Diese Missrathenen: welche edle Beredsamkeit entströmt ihren

Lippen! Wie viel zuckrige, schleimige, demüthige Ergebung schwimmt in ihren Augen! Was wollen sie eigentlich? Die Gerechtigkeit, die Liebe, die Weisheit, die Überlegenheit wenigstens *darstellen* – das ist der Ehrgeiz dieser „Untersten“, dieser Kranken! Und wie geschickt macht ein solcher Ehrgeiz! Man bewundere namentlich die Falschmünzer-Geschicklichkeit, mit der hier das Gepräge der Tugend, selbst der Klingklang, der Goldklang der Tugend nachgemacht wird. Sie haben die Tugend jetzt ganz und gar für sich in Pacht genommen, diese Schwachen und Heillos-Krankhaften, daran ist kein Zweifel: „wir allein sind die Guten, die Gerechten, so sprechen sie, wir allein sind die homines bonae voluntatis.“ Sie wandeln unter uns herum als leibhafte Vorwürfe, als Warnungen an uns, – wie als ob Gesundheit, Wohlgerathenheit, Stärke, Stolz, Machtgefühl an sich schon lasterhafte Dinge seien, für die man einst büssen, bitter büssen müsse: oh wie sie im Grunde dazu selbst bereit sind, büssen zu *machen*, wie sie darnach dürsten, *Henker* zu sein! Unter ihnen giebt es in Fülle die zu Richtern verkleideten Rachsüchtigen, welche beständig das Wort „Gerechtigkeit“ wie einen giftigen Speichel im Munde tragen, immer gespitzten Mundes, immer bereit, Alles anzuspeien, was nicht unzufrieden blickt und guten Muths seine Strasse zieht. Unter ihnen fehlt auch jene ekelhafteste Species der Eitlen nicht, die verlognen Missgeburten, die darauf aus sind, „schöne Seelen“ darzustellen und etwa ihre verhunzte Sinnlichkeit, in Verse und andere Windeln gewickelt, als „Reinheit des Herzens“ auf den Markt bringen: die Species der moralischen Onanisten und „Selbstbefriediger“. Der Wille der Kranken, *irgend* eine Form der Überlegenheit darzustellen, ihr Instinkt für Schleichwege, die zu einer Tyrannei über die Gesunden führen, – wo fände er sich nicht, dieser Wille gerade der Schwächsten zur Macht! Das kranke Weib in Sonderheit: Niemand übertrifft es in Raffinements, zu herrschen, zu drücken, zu tyrannisiren. Das kranke Weib schont dazu nichts Lebendiges, nichts Todtes, es gräbt die begrabensten Dinge wieder auf (die Bogos sagen: „das Weib ist eine Hyäne“). Man blicke in die Hintergründe jeder Familie, jeder Körperschaft, jedes Gemeinwesens: überall der Kampf der Kranken gegen die Gesunden, – ein stiller Kampf zumeist mit kleinen Giftpulvern, mit Nadelstichen, mit tückischem Dulder-Mienenspiele, mitunter aber auch mit jenem Kranken-Pharisäismus der *lauten* Gebärde, der am liebsten „die edle Entrüstung“ spielt. Bis in die geweihten Räume der Wissenschaft hinein möchte es sich hörbar machen, das heisere Entrüstungsgebell der krankhaften Hunde, die bissige Verlogenheit und Wuth solcher „edlen“ Pharisäer (– ich erinnere Leser, die Ohren haben, nochmals an jenen Berliner Rache-Apostel Eugen Dühring, der im heutigen Deutschland den unanständigsten und widerlichsten Gebrauch vom moralischen Bumbum macht: Dühring, das erste Moral-Grossmaul, das es jetzt giebt, selbst noch unter seines Gleichen, den Antisemiten). Das sind alles Menschen des Ressentiment, diese physiologisch Verunglückten und Wurmstichigen, ein ganzes zitterndes Erdreich unterirdischer Rache, unerschöpflich, unersättlich in Ausbrüchen gegen die Glücklichen und ebenso in Maskeraden der Rache, in Vorwänden zur Rache: wann würden sie eigentlich zu ihrem letzten, feinsten, sublimsten Triumph der Rache kommen? Dann unzweifelhaft, wenn es ihnen gelänge, ihr eignes Elend, alles Elend überhaupt den Glücklichen *in's Gewissen zu schieben*: so dass diese sich eines Tags ihres Glücks zu schämen bekönnen und vielleicht unter einander sich sagten: „es ist eine Schande, glücklich zu sein! *es giebt zu viel Elend*!"... Aber es könnte gar kein grösseres und verhängnissvolleres Missverständniss geben, als wenn dergestalt die Glücklichen, die Wohlgerathenen, die Mächtigen an Leib und Seele anfiengen, an ihrem *Recht auf Glück* zu zweifeln. Fort mit dieser „verkehrten Welt"! Fort mit dieser schändlichen Verweichlichung des Gefühls! Dass die Kranken *nicht* die Gesunden krank machen – und dies wäre eine solche Verweichlichung – das sollte doch der oberste Gesichtspunkt auf Erden sein: – dazu aber gehört vor allen Dingen, dass die Gesunden von den Kranken *abgetrennt* bleiben, behütet selbst vor dem Anblick der Kranken, dass sie sich nicht mit den Kranken verwechseln. Oder wäre es etwa ihre Aufgabe, Krankenwärter oder Ärzte zu sein?... Aber sie könnten *ihre* Aufgabe gar nicht schlimmer verkennen und verleugnen, – das Höhere *soll* sich nicht zum Werkzeug des Niedrigeren herabwürdigen, das Pathos der Distanz *soll* in alle Ewigkeit auch die Aufgaben aus einander halten! Ihr Recht, dazusein, das Vorrecht der Glocke mit vollem Klange vor der misstönigen, zersprungenen, ist ja ein tausendfach grösseres: sie allein sind die *Bürgen* der Zukunft, sie allein sind *verpflichtet* für die Menschen-Zukunft. Was *sie* können, was *sie* sollen, das dürften niemals Kranke können und sollen: aber *damit* sie können, was nur *sie* sollen, wie stünde es ihnen noch frei, den Arzt, den Trostbringer, den „Heiland" der Kranken zu machen?... Und darum gute Luft! gute Luft! Und weg jedenfalls aus der Nähe von allen Irren- und Krankenhäusern der Cultur! Und darum gute Gesellschaft, *unsre* Gesellschaft! Oder Einsamkeit, wenn es sein muss! Aber weg jedenfalls von den üblen Dünsten der innewendigen Verderbniss und des heimlichen Kranken-Wurmfrasses!... Damit wir uns selbst nämlich, meine Freunde, wenigstens eine Weile noch gegen die zwei schlimmsten Seuchen vertheidigen, die gerade für uns aufgespart sein mögen, – gegen den *grossen Ekel am Menschen*! gegen das *grosse Mitleid mit dem Menschen*!...

15.

Hat man in aller Tiefe begriffen – und ich verlange, dass man hier gerade *tief greift*, tief begreift – inwiefern es schlechterdings *nicht* die Aufgabe der Gesunden sein kann, Kranke zu warten, Kranke gesund zu machen, so ist damit auch eine Nothwendigkeit mehr begriffen, – die Nothwendigkeit von Ärzten und Krankenwärtern, *die selber krank sind*: und nunmehr haben und halten wir den Sinn des asketischen Priesters mit beiden Händen. Der asketische Priester muss uns als der vorherbestimmte Heiland, Hirt und Anwalt der kranken Heerde gelten: damit erst verstehen wir seine ungeheure historische Mission. Die *Herrschaft über Leidende* ist sein Reich, auf sie weist ihn sein Instinkt an, in ihr hat er seine eigenste Kunst, seine Meisterschaft, seine Art von Glück. Er muss selber krank sein, er muss den Kranken und Schlechtweggekommenen von Grund aus verwandt sein, um sie zu verstehen, – um sich mit ihnen zu verstehen; aber er muss auch stark sein, mehr Herr noch über sich als über Andere, unversehrt namentlich in seinem Willen zur Macht, damit er das Vertrauen und die Furcht der Kranken hat, damit er ihnen Halt, Widerstand, Stütze, Zwang, Zuchtmeister, Tyrann, Gott sein kann. Er hat sie zu vertheidigen, seine Heerde – gegen wen? Gegen die Gesunden, es ist kein Zweifel, auch gegen den Neid auf die Gesunden; er muss der natürliche Widersacher *und Verächter* aller rohen, stürmischen, zügellosen, harten, gewaltthätig-raubthierhaften Gesundheit und Mächtigkeit sein. Der Priester ist die erste Form des *delikateren* Thiers, das leichter noch verachtet als hasst. Es wird ihm nicht erspart bleiben, Krieg zu führen mit den Raubthieren, einen Krieg der List (des „Geistes“) mehr als der Gewalt, wie sich von selbst versteht, – er wird es dazu unter Umständen nöthig haben, beinahe einen neuen Raubthier-Typus an sich herauszubilden, mindestens *zu bedeuten*, – eine neue Thier-Furchtbarkeit, in welcher der Eisbär, die geschmeidige kalte abwartende Tigerkatze und nicht am wenigsten der Fuchs zu einer ebenso anziehenden als furchteinflössenden Einheit gebunden scheinen. Gesetzt, dass die Noth ihn zwingt, so tritt er dann wohl bärenhafternst, ehrwürdig, klug, kalt, trügerisch-überlegen, als Herold und Mundstück geheimnissvollerer Gewalten, mitten unter die andere Art Raubthiere selbst, entschlossen, auf diesem Boden Leid, Zwiespalt, Selbstwiderspruch, wo er kann, auszusäen und, seiner Kunst nur zu gewiss, über *Leidende* jederzeit Herr zu werden. Er bringt Salben und Balsam mit, es ist kein Zweifel; aber erst hat er nöthig, zu verwunden, um Arzt zu sein; indem er dann den Schmerz stillt, den die Wunde macht, *vergiftet er zugleich die Wunde* – darauf vor Allem nämlich versteht er sich, dieser Zauberer und Raubthier-Bändiger, in dessen Umkreis alles Gesunde nothwendig krank und alles Kranke nothwendig zahm wird. Er vertheidigt in der That gut genug seine kranke Heerde, dieser seltsame Hirt, – er vertheidigt sie auch gegen sich, gegen die in der Heerde selbst glimmende Schlechtigkeit, Tücke, Böswilligkeit und was sonst allen Süchtigen und Kranken unter einander zu eigen ist, er kämpft klug, hart und heimlich mit der Anarchie und der jederzeit beginnenden Selbstauflösung innerhalb der Heerde, in welcher jener gefährlichste Spreng- und Explosivstoff, das *Ressentiment*, sich beständig häuft und häuft. Diesen Sprengstoff so zu entladen, dass er nicht die Heerde und nicht den Hirten zersprengt, das ist sein eigentliches Kunststück, auch seine oberste Nützlichkeit; wollte man den Werth der priesterlichen Existenz in die kürzeste Formel fassen, so wäre geradewegs zu sagen: der Priester ist der *Richtungs-Veränderer* des Ressentiment. Jeder Leidende nämlich sucht instinktiv zu seinem Leid eine Ursache; genauer noch, einen Thäter, noch bestimmter, einen für Leid empfänglichen *schuldigen* Thäter, – kurz, irgend etwas Lebendiges, an dem er seine Affekte thätlich oder in effigie auf irgend einen Vorwand hin entladen kann: denn die Affekt-Entladung ist der grösste Erleichterungs- nämlich *Betäubungs*-Versuch des Leidenden, sein unwillkürlich begehrtes Narcoticum gegen Qual irgend welcher Art. Hierin allein ist, meiner Vermuthung nach, die wirkliche physiologische Ursächlichkeit des Ressentiment, der Rache und ihrer Verwandten, zu finden, in einem Verlangen also nach *Betäubung von Schmerz durch Affekt*: – man sucht dieselbe gemeinhin, sehr irrthümlich, wie mich dünkt, in dem Defensiv-Gegenschlag, einer blossen Schutzmaassregel der Reaktion, einer „Reflexbewegung" im Falle irgend einer plötzlichen Schädigung und Gefährdung, von der Art, wie sie ein Frosch ohne Kopf noch vollzieht, um eine ätzende Säure loszuwerden. Aber die Verschiedenheit ist fundamental: im Einen Falle will man weiteres Beschädigtwerden hindern, im anderen Falle will man einen quälenden, heimlichen, unerträglich-werdenden Schmerz durch eine heftigere Emotion irgend welcher Art *betäuben* und für den Augenblick wenigstens aus dem Bewusstsein schaffen, – dazu braucht man einen Affekt, einen möglichst wilden Affekt und, zu dessen Erregung, den ersten besten Vorwand. „Irgend Jemand muss schuld daran sein, dass ich mich schlecht befinde" – diese Art zu schliessen ist allen Krankhaften eigen, und zwar je mehr ihnen die wahre Ursache ihres Sich-Schlecht-Befindens, die physiologische, verborgen bleibt (– sie kann etwa in einer Erkrankung des nervus sympathicus liegen oder in einer übermässigen Gallen-Absonderung, oder an einer Armuth des Blutes an schwefel- und phosphorsaurem Kali oder in Druckzuständen des Unterleibes, welche den Blutumlauf stauen, oder in Entartung der Eierstöcke und dergleichen). Die Leidenden sind allesammt von einer entsetzlichen Bereitwilligkeit und Erfindsamkeit in Vorwänden zu schmerzhaften Affekten; sie geniessen ihren Argwohn schon, das Grübeln über Schlechtigkeiten und scheinbare Beeinträchtigungen, sie durchwühlen die Eingeweide ihrer Vergangenheit und Gegenwart nach dunklen fragwürdigen Geschichten, wo es ihnen freisteht, in einem quälerischen Verdachte zu schwelgen und am eignen Gifte der Bosheit sich zu berauschen – sie reissen die ältesten Wunden auf, sie verbluten sich an längst ausgeheilten Narben, sie machen Übelthäter aus Freund, Weib, Kind und was sonst ihnen am nächsten steht. „Ich leide: daran muss irgend Jemand schuld sein" – also denkt jedes krankhafte Schaf. Aber sein Hirt, der asketische Priester, sagt zu ihm: „Recht so, mein Schaf! irgend wer muss daran schuld sein: aber du selbst bist dieser Irgend-Wer, du selbst bist daran allein schuld, – *du selbst bist an dir allein schuld*!"... Das ist kühn genug, falsch genug: aber Eins ist damit wenigstens erreicht, damit ist, wie gesagt, die Richtung des Ressentiment – *verändert*.

16.

Man erräth nunmehr, was nach meiner Vorstellung der Heilkünstler-Instinkt des Lebens durch den asketischen Priester zum Mindesten *versucht* hat und wozu ihm eine zeitweilige Tyrannei solcher paradoxer und paralogischer Begriffe wie „Schuld", „Sünde", „Sündhaftigkeit", „Verderbniss", „Verdammniss" hat dienen müssen: die Kranken bis zu einem gewissen Grade *unschädlich* zu machen, die Unheilbaren durch sich selbst zu zerstören, den Milder-Erkrankten streng die Richtung auf sich selbst, eine Rückwärtsrichtung ihres Ressentiments zu geben („Eins ist noth" –) und die schlechten Instinkte aller Leidenden dergestalt zum Zweck der Selbstdisciplinirung, Selbstüberwachung, Selbstüberwindung *auszunützen*. Es kann sich, wie sich von selbst versteht, mit einer „Medikation" dieser Art, einer blossen Affekt-Medikation, schlechterdings nicht um eine wirkliche Kranken-*Heilung* im physiologischen Verstande handeln; man dürfte selbst nicht einmal behaupten, dass der Instinkt des Lebens hierbei irgendwie die Heilung in Aussicht und Absicht genommen habe. Eine Art Zusammendrängung und Organisation der Kranken auf der einen Seite (– das Wort „Kirche" ist dafür der populärste Name), eine Art vorläufiger Sicherstellung der Gesünder-Gerathenen, der Voller-Ausgegossenen auf der andern, die Aufreissung einer *Kluft* somit zwischen Gesund und Krank – das war für lange Alles! Und es war Viel! es war *sehr Viel*!... [Ich gehe in dieser Abhandlung, wie man sieht, von einer Voraussetzung aus, die ich in Hinsicht auf Leser, wie ich sie brauche, nicht erst zu begründen habe: dass „Sündhaftigkeit" am Menschen kein Thatbestand ist, vielmehr nur die Interpretation eines Thatbestandes, nämlich einer physiologischen Verstimmung, – letztere unter einer moralisch-religiösen Perspektive gesehn, welche für uns nichts Verbindliches mehr hat. – Damit, dass Jemand sich „schuldig", „sündig" *fühlt*, ist schlechterdings noch nicht bewiesen, dass er sich mit Recht so fühlt; so wenig Jemand gesund ist, bloss deshalb, weil er sich gesund fühlt. Man erinnere sich doch der berühmten Hexen-Prozesse: damals zweifelten die scharfsichtigsten und menschenfreundlichsten Richter nicht daran, dass hier eine Schuld vorliege; die „Hexen" *selbst zweifelten nicht daran*, – und dennoch fehlte die Schuld. – Um jene Voraussetzung in erweiterter Form auszudrücken: der „seelische Schmerz" selbst gilt mir überhaupt nicht als Thatbestand, sondern nur als eine Auslegung (Causal-Auslegung) von bisher nicht exakt zu formulirenden Thatbeständen: somit als Etwas, das vollkommen noch in der Luft schwebt und wissenschaftlich unverbindlich ist, – ein fettes Wort eigentlich nur an Stelle eines sogar spindeldürren Fragezeichens. Wenn Jemand mit einem „seelischen Schmerz" nicht fertig wird, so liegt das, grob geredet, *nicht* an seiner „Seele"; wahrscheinlicher noch an seinem Bauche (grob geredet, wie gesagt: womit noch keineswegs der Wunsch ausgedrückt ist, auch grob gehört, grob verstanden zu werden...) Ein starker und wohlgerathener Mensch verdaut seine Erlebnisse (Thaten, Unthaten eingerechnet) wie er seine Mahlzeiten verdaut, selbst wenn er harte Bissen zu verschlucken hat. Wird er mit einem Erlebnisse „nicht fertig", so ist diese Art Indigestion so gut physiologisch wie jene andere – und vielfach in der That nur eine der Folgen jener anderen. – Mit einer solchen Auffassung kann man, unter uns gesagt, immer noch der strengste Gegner alles Materialismus sein...]

17.

Ist er aber eigentlich ein *Arzt*, dieser asketische Priester? – Wir begriffen schon, inwiefern es kaum erlaubt ist, ihn einen Arzt zu nennen, so gern er auch selbst sich als „Heiland" fühlt, als „Heiland" verehren lässt. Nur das Leiden selbst, die Unlust des Leidenden wird von ihm bekämpft, *nicht* deren Ursache, *nicht* das eigentliche Kranksein, – das muss unsren grundsätzlichsten Einwand gegen die priesterliche Medikation abgeben. Stellt man sich aber erst einmal in die Perspektive, wie der Priester sie allein kennt und hat, so kommt man nicht leicht zu Ende in der Bewunderung, was unter ihr Alles gesehn, gesucht und gefunden hat. Die *Milderung* des Leidens, das „Trösten" jeder Art, – das erweist sich als sein Genie selbst: wie erfinderisch hat er seine Tröster-Aufgabe verstanden, wie unbedenklich und kühn hat er zu ihr die Mittel gewählt! Das Christenthum in Sonderheit dürfte man eine grosse Schatzkammer geistreichster Trostmittel nennen, so viel Erquickliches, Milderndes, Narkotisirendes ist in ihm gehäuft, so viel Gefährlichstes und Verwegenstes zu diesem Zweck gewagt, so fein, so raffinirt, so südländisch-raffinirt ist von ihm insbesondere errathen worden, mit was für Stimulanz-Affekten die tiefe Depression, die bleierne Ermüdung, die schwarze Traurigkeit der Physiologisch-Gehemmten wenigstens für Zeiten besiegt werden kann. Denn allgemein gesprochen: bei allen grossen Religionen handelte es sich in der Hauptsache um die Bekämpfung einer gewissen, zur Epidemie gewordnen Müdigkeit und Schwere. Man kann es von vornherein als wahrscheinlich ansetzen, dass von Zeit zu Zeit an bestimmten Stellen der Erde fast nothwendig ein *physiologisches Hemmungsgefühl* über breite Massen Herr werden muss, welches aber, aus Mangel an physiologischem Wissen, nicht als solches in's Bewusstsein tritt, so dass dessen „Ursache", dessen Remedur auch nur psychologisch-moralisch gesucht und versucht werden kann (– dies nämlich ist meine allgemeinste Formel für Das, was gemeinhin eine *„Religion"* genannt wird). Ein solches Hemmungsgefühl kann verschiedenster Abkunft sein: etwa als Folge der Kreuzung von zu fremdartigen Rassen (oder von Ständen – Stände drücken immer auch Abkunfts- und Rassen-Differenzen aus: der europäische „Weltschmerz", der „Pessimismus" des neunzehnten Jahrhunderts ist wesentlich die Folge einer unsinnig plötzlichen Stände-Mischung); oder bedingt durch eine fehlerhafte Emigration – eine Rasse in ein Klima gerathen, für das ihre Anpassungskraft nicht ausreicht (der Fall der Inder in Indien); oder die Nachwirkung von Alter und Ermüdung der Rasse (Pariser Pessimismus von 1850 an); oder einer falschen Diät (Alkoholismus des Mittelalters; der Unsinn der Vegetarians, welche freilich die Autorität des Junker Christoph bei Shakespeare für sich haben); oder von Blutverderbniss, Malaria, Syphilis und dergleichen (deutsche Depression nach dem dreissigjährigen Kriege, welcher halb Deutschland mit schlechten Krankheiten durchseuchte und damit den Boden für deutsche Servilität, deutschen Kleinmuth vorbereitete). In einem solchen Falle wird jedes Mal im grössten Stil ein *Kampf mit dem Unlustgefühl* versucht; unterrichten wir uns kurz über dessen wichtigste Praktiken und Formen. (Ich lasse hier, wie billig, den eigentlichen *Philosophen*-Kampf gegen das

Unlustgefühl, der immer gleichzeitig zu sein pflegt, ganz bei Seite – er ist interessant genug, aber zu absurd, zu praktischgleichgültig, zu spinneweberisch und eckensteherhaft, etwa wenn der Schmerz als ein Irrthum bewiesen werden soll, unter der naiven Voraussetzung, dass der Schmerz schwinden *müsse*, wenn erst der Irrthum in ihm erkannt ist – aber siehe da! er hütete sich, zu schwinden...) Man bekämpft *erstens* jene dominirende Unlust durch Mittel, welche das Lebensgefühl überhaupt auf den niedrigsten Punkt herabsetzen. Womöglich überhaupt kein Wollen, kein Wunsch mehr; Allem, was Affekt macht, was „Blut" macht, ausweichen (kein Salz essen: Hygiene des Fakirs); nicht lieben; nicht hassen; Gleichmuth; nicht sich rächen; nicht sich bereichern; nicht arbeiten; betteln; womöglich kein Weib, oder so wenig Weib als möglich: in geistiger Hinsicht das Princip Pascal's „il faut s'abêtir". Resultat, psychologisch-moralisch ausgedrückt: „Entselbstung", „Heiligung"; physiologisch ausgedrückt: Hypnotisirung, – der Versuch Etwas für den Menschen annähernd zu erreichen, was der *Winterschlaf* für einige Thierarten, der *Sommerschlaf* für viele Pflanzen der heissen Klimaten ist, ein Minimum von Stoffverbrauch und Stoffwechsel, bei dem das Leben gerade noch besteht, ohne eigentlich noch in's Bewusstsein zu treten. Auf dieses Ziel ist eine erstaunliche Menge menschlicher Energie verwandt worden – umsonst etwa?... Dass solche sportsmen der „Heiligkeit", an denen alle Zeiten, fast alle Völker reich sind, in der That eine wirkliche Erlösung von dem gefunden haben, was sie mit einem so rigorösen training bekämpften, daran darf man durchaus nicht zweifeln, – sie kamen von jener tiefen physiologischen Depression mit Hülfe ihres Systems von Hypnotisirungs-Mitteln in unzähligen Fällen wirklich *los*: weshalb ihre Methodik zu den allgemeinsten ethnologischen Thatsachen zählt. Insgleichen fehlt jede Erlaubniss dazu, um schon an sich eine solche Absicht auf Aushungerung der Leiblichkeit und der Begierde unter die Irrsinns-Symptome zu rechnen (wie es eine täppische Art von Roastbeef-fressenden „Freigeistern" und Junker Christophen zu thun beliebt). Um so sicherer ist es, dass sie den *Weg* zu allerhand geistigen Störungen abgiebt, abgeben kann, zu „inneren Lichtern" zum Beispiel, wie bei den Hesychasten vom Berge Athos, zu Klang- und Gestalt-Hallucinationen, zu wollüstigen Überströmungen und Ekstasen der Sinnlichkeit (Geschichte der heiligen Therese). Die Auslegung, welche derartigen Zuständen von den mit ihnen Behafteten gegeben wird, ist immer so schwärmerisch-falsch wie möglich gewesen, dies versteht sich von selbst: nur überhöre man den Ton überzeugtester Dankbarkeit nicht, der eben schon im *Willen* zu einer solchen Interpretations-Art zum Erklingen kommt. Der höchste Zustand, die *Erlösung* selbst, jene endlich erreichte Gesammt-Hypnotisirung und Stille, gilt ihnen immer als das Geheimniss an sich, zu dessen Ausdruck auch die höchsten Symbole nicht ausreichen, als Ein- und Heimkehr in den Grund der Dinge, als Freiwerden von allem Wahne, als „Wissen", als „Wahrheit", als „Sein", als Loskommen von jedem Ziele, jedem Wunsche, jedem Thun, als ein Jenseits auch von Gut und Böse. „Gutes und Böses, sagt der Buddhist, – Beides sind Fesseln: über Beides wurde der Vollendete Herr"; „Gethanes und Ungethanes, sagt der Gläubige des Vedânta, schafft ihm keinen Schmerz; das Gute und das Böse schüttelt er als ein Weiser von sich; sein Reich leidet durch keine That mehr; über Gutes und Böses, über Beides gieng er hinaus": – eine gesammt-indische Auffassung also, ebenso brahmanistisch als buddhistisch. (Weder in der indischen, noch in der christlichen Denkweise gilt jene „Erlösung" als *erreichbar* durch Tugend, durch moralische Besserung, so hoch der Hypnotisirungs-Werth der Tugend auch von ihnen angesetzt wird: dies halte man fest, – es entspricht dies übrigens einfach dem Thatbestande. Hierin *wahr* geblieben zu sein, darf vielleicht als das beste Stück Realismus in den drei grössten, sonst so gründlich vermoralisirten Religionen betrachtet werden. „Für den Wissenden giebt es keine Pflicht"... „Durch *Zulegung* von Tugenden kommt Erlösung nicht zu Stande: denn sie besteht im Einssein mit dem keiner Zulegung von Vollkommenheit fähigen Brahman; und ebenso wenig in der *Ablegung* von Fehlern: denn das Brahman, mit dem Eins zu sein Das ist, was Erlösung ausmacht, ist ewig rein" – diese Stellen aus dem Commentare des Çankara, citirt von dem ersten wirklichen *Kenner* der indischen Philosophie in Europa, meinem Freunde Paul Deussen.) Die „Erlösung" in den grossen Religionen wollen wir also in Ehren halten; dagegen wird es uns ein wenig schwer, bei der Schätzung, welche schon der *tiefe Schlaf* durch diese selbst für das Träumen zu müd gewordnen Lebensmüden erfährt, ernsthaft zu bleiben, – der tiefe Schlaf nämlich bereits als Eingehen in das Brahman, als *erreichte* unio mystica mit Gott. „Wenn er dann eingeschlafen ist ganz und gar – heisst es darüber in der ältesten ehrwürdigsten „Schrift" – und völlig zur Ruhe gekommen, dass er kein Traumbild mehr schaut, alsdann ist er, oh Theurer, vereinigt mit dem Seienden, in sich selbst ist er eingegangen, – von dem erkenntnissartigen Selbste umschlungen hat er kein Bewusstsein mehr von dem, was aussen oder innen ist. Diese Brücke überschreiten nicht Tag und Nacht, nicht das Alter, nicht der Tod, nicht das Leiden, nicht gutes Werk, noch böses Werk." „Im tiefen Schlafe, sagen insgleichen die Gläubigen dieser tiefsten der drei grossen Religionen, hebt sich die Seele heraus aus diesem Leibe, geht ein in das höchste

Licht und tritt dadurch hervor in eigener Gestalt: da ist sie der höchste Geist selbst, der herumwandelt, indem er scherzt und spielt und sich ergötzt, sei es mit Weibern oder mit Wagen oder mit Freunden, da denkt sie nicht mehr zurück an dieses Anhängsel von Leib, an welches der prâna (der Lebensodem) angespannt ist wie ein Zugthier an den Karren." Trotzdem wollen wir auch hier, wie im Falle der „Erlösung", uns gegenwärtig halten, dass damit im Grunde, wie sehr auch immer in der Pracht orientalischer Übertreibung, nur die gleiche Schätzung ausgedrückt ist, welche die des klaren, kühlen, griechisch-kühlen, aber leidenden Epikur war: das hypnotische Nichts-Gefühl, die Ruhe des tiefsten Schlafes, *Leidlosigkeit* kurzum – das darf Leidenden und Gründlich-Verstimmten schon als höchstes Gut, als Werth der Werthe gelten, das *muss* von ihnen als positiv abgeschätzt, als *das* Positive selbst empfunden werden. (Nach derselben Logik des Gefühls heisst in allen pessimistischen Religionen das Nichts *Gott*.)

18.

Viel häufiger als eine solche hypnotistische Gesammtdämpfung der Sensibilität, der Schmerzfähigkeit, welche schon seltnere Kräfte, vor Allem Muth, Verachtung der Meinung, „intellektuellen Stoicismus" voraussetzt, wird gegen Depressions-Zustände ein anderes training versucht, welches jedenfalls leichter ist: *die machinale Thätigkeit*. Dass mit ihr ein leidendes Dasein in einem nicht unbeträchtlichen Grade erleichtert wird, steht ausser allem Zweifel: man nennt heute diese Thatsache, etwas unehrlich, „den Segen der Arbeit". Die Erleichterung besteht darin, dass das Interesse des Leidenden grundsätzlich vom Leiden abgelenkt wird, – dass beständig ein Thun und wieder nur ein Thun in's Bewusstsein tritt und folglich wenig Platz darin für Leiden bleibt: denn sie ist *eng*, diese Kammer des menschlichen Bewusstseins! Die machinale Thätigkeit und was zu ihr gehört – wie die absolute Regularität, der pünktliche besinnungslose Gehorsam, das Ein-für-alle-Mal der Lebensweise, die Ausfüllung der Zeit, eine gewisse Erlaubniss, ja eine Zucht zur „Unpersönlichkeit", zum Sich-selbst-Vergessen, zur „incuria sui" –: wie gründlich, wie fein hat der asketische Priester sie im Kampf mit dem Schmerz zu benutzen gewusst! Gerade wenn er mit Leidenden der niederen Stände, mit Arbeitssklaven oder Gefangenen zu thun hatte (oder mit Frauen: die ja meistens Beides zugleich sind, Arbeitssklaven und Gefangene), so bedurfte es wenig mehr als einer kleinen Kunst des Namenwechselns und der Umtaufung, um sie in verhassten Dingen fürderhin eine Wohlthat, ein relatives Glück sehn zu machen: – die Unzufriedenheit des

Sklaven mit seinem Loos ist jedenfalls *nicht* von den Priestern erfunden worden. – Ein noch geschätzteres Mittel im Kampf mit der Depression ist die Ordinirung einer *kleinen Freude*, die leicht zugänglich ist und zur Regel gemacht werden kann; man bedient sich dieser Medikation häufig in Verbindung mit der eben besprochnen. Die häufigste Form, in der die Freude dergestalt als Kurmittel ordinirt wird, ist die Freude des Freude-*Machens* (als Wohlthun, Beschenken, Erleichtern, Helfen, Zureden, Trösten, Loben, Auszeichnen); der asketische Priester verordnet damit, dass er „Nächstenliebe" verordnet, im Grunde eine Erregung des stärksten, lebenbejahendsten Triebes, wenn auch in der vorsichtigsten Dosirung, – des *Willens zur Macht*. Das Glück der „kleinsten Überlegenheit", wie es alles Wohlthun, Nützen, Helfen, Auszeichnen mit sich bringt, ist das reichlichste Trostmittel, dessen sich die Physiologisch-Gehemmten zu bedienen pflegen, gesetzt dass sie gut berathen sind: im andern Falle thun sie einander weh, natürlich im Gehorsam gegen den gleichen Grundinstinkt. Wenn man nach den Anfängen des Christenthums in der römischen Welt sucht, so findet man Vereine zu gegenseitiger Unterstützung, Armen-, Kranken-, Begräbniss-Vereine, aufgewachsen auf dem untersten Boden der damaligen Gesellschaft, in denen mit Bewusstsein jenes Hauptmittel gegen die Depression, die kleine Freude, die des gegenseitigen Wohlthuns gepflegt wurde, – vielleicht war dies damals etwas Neues, eine eigentliche Entdeckung? In einem dergestalt hervorgerufnen „Willen zur Gegenseitigkeit", zur Heerdenbildung, zur „Gemeinde", zum „Cönakel" muss nun wiederum jener damit, wenn auch im Kleinsten, erregte Wille zur Macht, zu einem neuen und viel volleren Ausbruch kommen: die *Heerdenbildung* ist im Kampf mit der Depression ein wesentlicher Schritt und Sieg. Im Wachsen der Gemeinde erstarkt auch für den Einzelnen ein neues Interesse, das ihn oft genug über das Persönlichste seines Missmuths, seine Abneigung gegen *sich* (die „despectio sui" des Geulinx) hinweghebt. Alle Kranken, Krankhaften streben instinktiv, aus einem Verlangen nach Abschüttelung der dumpfen Unlust und des Schwächegefühls, nach einer Heerden-Organisation: der asketische Priester erräth diesen Instinkt und fördert ihn; wo es Heerden giebt, ist es der Schwäche-Instinkt, der die Heerde gewollt hat, und die Priester-Klugheit, die sie organisirt hat. Denn man übersehe dies nicht: die Starken streben ebenso naturnothwendig *aus* einander, als die Schwachen *zu* einander; wenn erstere sich verbinden, so geschieht es nur in der Aussicht auf eine aggressive Gesammt-Aktion und Gesammt-Befriedigung ihres Willens zur Macht, mit vielem Widerstande des Einzel-Gewissens; letztere dagegen ordnen sich zusammen, mit *Lust* gerade an dieser Zusammenordnung, – ihr Instinkt ist dabei ebenso befriedigt, wie der Instinkt der geborenen „Herren“ (das heisst der solitären Raubthier-Species Mensch) im Grunde durch Organisation gereizt und beunruhigt wird. Unter jeder Oligarchie liegt – die ganze Geschichte lehrt es – immer das *tyrannische* Gelüst versteckt; jede Oligarchie zittert beständig von der Spannung her, welche jeder Einzelne in ihr nöthig hat, Herr über dies Gelüst zu bleiben. (So war es zum Beispiel *griechisch*: Plato bezeugt es an hundert Stellen, Plato, der seines Gleichen kannte – *und* sich selbst...)

19.

Die Mittel des asketischen Priesters, welche wir bisher kennen lernten – die Gesammt-Dämpfung des Lebengefühls, die machinale Thätigkeit, die kleine Freude, vor Allem die der „Nächstenliebe“, die Heerden-Organisation, die Erweckung des Gemeinde-Machtgefühls, demzufolge der Verdruss des Einzelnen an sich durch seine Lust am Gedeihen der Gemeinde übertäubt wird – das sind, nach modernem Maasse gemessen, seine *unschuldigen* Mittel im Kampfe mit der Unlust: wenden wir uns jetzt zu den interessanteren, den „schuldigen“. Bei ihnen allen handelt es sich um Eins: um irgend eine *Ausschweifung des Gefühls*, – diese gegen die dumpfe lähmende lange Schmerzhaftigkeit als wirksamstes Mittel der Betäubung benutzt; weshalb die priesterliche Erfindsamkeit im Ausdenken dieser Einen Frage geradezu unerschöpflich gewesen ist: „*wodurch* erzielt man eine Ausschweifung des Gefühls?“... Das klingt hart: es liegt auf der Hand, dass es lieblicher klänge und besser vielleicht zu Ohren gienge, wenn ich etwa sagte „der asketische Priester hat sich jederzeit die *Begeisterung* zu Nutze gemacht, die in allen starken Affekten liegt“. Aber wozu die verweichlichten Ohren unsrer modernen Zärtlinge noch streicheln? Wozu *unsrerseits* ihrer Tartüfferie der Worte auch nur einen Schritt breit nachgeben? Für uns Psychologen läge darin bereits eine Tartüfferie *der That*; abgesehen davon, dass es uns Ekel machen würde. Ein Psychologe nämlich hat heute darin, wenn irgend worin, seinen *guten Geschmack* (– Andre mögen sagen: seine Rechtschaffenheit), dass er der schändlich *vermoralisirten* Sprechweise widerstrebt, mit der nachgerade alles moderne Urtheilen über Mensch und Ding angeschleimt ist. Denn man täusche sich hierüber nicht: was das eigentlichste Merkmal moderner Seelen, moderner Bücher ausmacht, das ist nicht die Lüge, sondern die eingefleischte *Unschuld* in der moralistischen Verlogenheit. Diese „Unschuld“ überall wieder entdecken müssen – das macht vielleicht unser widerlichstes Stück Arbeit aus, an all der an sich nicht unbedenklichen Arbeit, deren sich heute ein Psychologe zu unterziehn hat; es ist ein Stück *unsrer* grossen Gefahr, – es ist ein Weg, der vielleicht gerade *uns* zum grossen Ekel führt... Ich zweifle nicht daran, *wozu* allein moderne Bücher (gesetzt, dass sie Dauer haben, was freilich nicht zu fürchten ist, und ebenfalls gesetzt, dass es einmal eine Nachwelt mit strengerem härteren *gesünderen* Geschmack giebt) – wozu *alles* Moderne überhaupt dieser Nachwelt dienen würde, dienen könnte: zu Brechmitteln, – und das vermöge seiner moralischen Versüsslichung und Falschheit, seines innerlichsten Feminismus, der sich gern „Idealismus" nennt und jedenfalls Idealismus glaubt. Unsre Gebildeten von Heute, unsre „Guten" lügen nicht – das ist wahr; aber es gereicht ihnen *nicht* zur Ehre! Die eigentliche Lüge, die ächte resolute „ehrliche" Lüge (über deren Werth man Plato hören möge) wäre für sie etwas bei weitem zu Strenges, zu Starkes; es würde verlangen, was man von ihnen nicht verlangen *darf*, dass sie die Augen gegen sich selbst aufmachten, dass sie zwischen „wahr" und „falsch" bei sich selber zu unterscheiden wüssten. Ihnen geziemt allein die *unehrliche Lüge*; Alles, was sich heute als „guter Mensch" fühlt, ist vollkommen unfähig, zu irgend einer Sache anders zu stehn als *unehrlich-verlogen*, abgründlich-verlogen, aber unschuldig-verlogen, treuherzig-verlogen, blauäugig-verlogen, tugendhaft-verlogen. Diese „guten Menschen", – sie sind allesammt jetzt in Grund und Boden vermoralisirt und in Hinsicht auf Ehrlichkeit zu Schanden gemacht und verhunzt für alle Ewigkeit: wer von ihnen hielte noch eine *Wahrheit* "über den Menschen" aus!... Oder, greiflicher gefragt: wer von ihnen ertrüge eine *wahre* Biographie!... Ein paar Anzeichen: Lord Byron hat einiges Persönlichste über sich aufgezeichnet, aber Thomas Moore war „zu gut" dafür: er verbrannte die Papiere seines Freundes. Dasselbe soll Dr. Gwinner gethan haben, der Testaments-Vollstrecker Schopenhauer's: denn auch Schopenhauer hatte Einiges über sich und vielleicht auch gegen sich („εις ααυτον") aufgezeichnet. Der tüchtige Amerikaner Thayer, der Biograph Beethoven's, hat mit Einem Male in seiner Arbeit Halt gemacht: an irgend einem Punkte dieses ehrwürdigen und naiven Lebens angelangt, hielt er dasselbe nicht mehr aus ... Moral: welcher kluge Mann schriebe heute noch ein ehrliches Wort über sich? – er müsste denn schon zum Orden der heiligen Tollkühnheit gehören. Man verspricht uns eine Selbstbiographie Richard Wagner's: wer zweifelt daran, dass es eine *kluge* Selbstbiographie sein wird?... Gedenken wir noch des komischen Entsetzens, welches der katholische Priester Janssen mit seinem über alle Begriffe viereckig und harmlos gerathenen Bilde der deutschen Reformations-Bewegung in Deutschland erregt hat; was würde man erst beginnen, wenn uns Jemand diese Bewegung einmal *anders* erzählte, wenn uns einmal ein wirklicher Psycholog einen wirklichen Luther erzählte, nicht mehr mit der moralistischen Einfalt eines Landgeistlichen, nicht mehr mit der süsslichen und rücksichtsvollen Schamhaftigkeit protestantischer Historiker, sondern etwa mit einer *Taine*'schen Unerschrockenheit, aus einer *Stärke der Seele* heraus und nicht aus einer klugen Indulgenz gegen die Stärke?... (Die Deutschen, anbei gesagt, haben den klassischen Typus der letzteren zuletzt noch schön genug herausgebracht, – sie dürfen ihn sich schon zurechnen, zu Gute rechnen: nämlich in ihrem Leopold Ranke, diesem gebornen klassischen advocatus jeder causa fortior, diesem klügsten aller klugen „Thatsächlichen".)

20.

Aber man wird mich schon verstanden haben: – Grund genug, nicht wahr, Alles in Allem, dass wir Psychologen heutzutage einiges Misstrauen *gegen uns selbst* nicht los werden?... Wahrscheinlich sind auch wir noch „zu gut" für unser Handwerk, wahrscheinlich sind auch wir noch die Opfer, die Beute, die Kranken dieses vermoralisirten Zeitgeschmacks, so sehr wir uns auch als dessen Verächter fühlen, – wahrscheinlich inficirt er auch noch *uns*. Wovor warnte doch jener Diplomat, als er zu seines Gleichen redete? „Misstrauen wir vor Allem, meine Herrn, unsren ersten Regungen! sagte er, *sie sind fast immer gut*"... So sollte auch jeder Psycholog heute zu seines Gleichen reden... Und damit kommen wir zu unserm Problem zurück, das in der That von uns einige Strenge verlangt, einiges Misstrauen in Sonderheit gegen die „ersten Regungen". *Das asketische Ideal im Dienste einer Absicht auf Gefühls-Ausschweifung*: – wer sich der vorigen Abhandlung erinnert, wird den in diese neun Worte gedrängten Inhalt des nunmehr Darzustellenden im Wesentlichen schon vorwegnehmen. Die menschliche Seele einmal aus allen ihren Fugen zu lösen, sie in Schrecken, Fröste, Gluthen und Entzückungen derartig unterzutauchen, dass sie von allem Kleinen und Kleinlichen der Unlust, der Dumpfheit, der Verstimmung wie durch einen Blitzschlag loskommt: welche Wege führen zu *diesem* Ziele? Und welche von ihnen am sichersten?... Im Grunde haben alle grossen Affekte ein Vermögen dazu, vorausgesetzt, dass sie sich plötzlich entladen, Zorn, Furcht, Wollust, Rache, Hoffnung, Triumph, Verzweiflung, Grausamkeit; und wirklich hat der asketische Priester unbedenklich die *ganze* Meute wilder Hunde im Menschen in seinen Dienst genommen und bald diesen, bald jenen losgelassen, immer zu dem gleichen Zwecke, den Menschen aus der langsamen Traurigkeit aufzuwecken, seinen dumpfen Schmerz, sein zögerndes Elend für Zeiten wenigstens in die Flucht zu jagen, immer auch unter einer religiösen Interpretation und „Rechtfertigung". Jede derartige Ausschweifung des Gefühls macht sich hinterdrein *bezahlt*, das versteht sich von selbst – sie macht den Kranken kränker –: und deshalb ist diese Art von Remeduren des Schmerzes, nach modernem Maasse gemessen, eine „schuldige" Art. Man muss jedoch, weil es die Billigkeit verlangt, um so mehr darauf bestehen, dass sie *mit gutem Gewissen* angewendet worden ist, dass der asketische Priester sie im tiefsten Glauben an ihre Nützlichkeit, ja Unentbehrlichkeit verordnet hat, – und oft genug selbst vor dem Jammer, den er schuf, fast zerbrechend; insgleichen, dass die vehementen physiologischen Revanchen solcher Excesse, vielleicht sogar geistige Störungen, im Grunde dem ganzen Sinne dieser Art Medikation nicht eigentlich widersprechen: als welche, wie vorher gezeigt worden ist, *nicht* auf Heilung von Krankheiten, sondern auf Bekämpfung der Depressions-Unlust, auf deren Linderung, deren Betäubung aus war. Dies Ziel wurde auch *so* erreicht. Der Hauptgriff, den sich der asketische Priester erlaubte, um auf der menschlichen Seele jede Art von zerreissender und verzückter Musik zum Erklingen zu bringen, war damit gethan – Jedermann weiss das –, dass er sich das *Schuldgefühl* zu Nutze machte. Dessen Herkunft hat die vorige Abhandlung kurz angedeutet – als ein Stück Thierpsychologie, als nicht mehr: das Schuldgefühl trat uns dort gleichsam in seinem Rohzustande entgegen. Erst unter den Händen des Priesters, dieses eigentlichen Künstlers in Schuldgefühlen, hat es Gestalt gewonnen – oh was für eine Gestalt! Die „Sünde" – denn so lautet die priesterliche Umdeutung des thierischen „schlechten Gewissens" (der rückwärts gewendeten Grausamkeit) – ist bisher das grösste Ereigniss in der Geschichte der kranken Seele gewesen: in ihr haben wir das gefährlichste und verhängnissvollste Kunststück der religiösen Interpretation. Der Mensch, an sich selbst leidend, irgendwie, jedenfalls physiologisch, etwa wie ein Thier, das in den Käfig gesperrt ist, unklar, warum, wozu? begehrlich nach Gründen – Gründe erleichtern –, begehrlich auch nach Mitteln und Narkosen, beräth sich endlich mit Einem, der auch das Verborgene weiss – und siehe da! er bekommt einen Wink, er bekommt von seinem Zauberer, dem asketischen Priester, den *ersten* Wink über die „Ursache" seines Leidens: er soll sie in *sich* suchen, in einer *Schuld*, in einem Stück Vergangenheit, er soll sein Leiden selbst als einen *Strafzustand* verstehn... Er hat gehört, er hat verstanden, der Unglückliche: jetzt geht es ihm wie der Henne, um die ein Strich gezogen ist. Er kommt aus diesem Kreis von Strichen nicht wieder heraus: aus dem Kranken ist „der Sünder" gemacht... Und nun wird man den Aspekt dieses neuen Kranken,

„des Sünders", für ein paar Jahrtausende nicht los, – wird man ihn je wieder los? – wohin man nur sieht, überall der hypnotische Blick des Sünders, der sich immer in der Einen Richtung bewegt (in der Richtung auf „Schuld", als der *einzigen* Leidens-Causalität); überall das böse Gewissen, dies „grewliche thier", mit Luther zu reden; überall die Vergangenheit zurückgekäut, die That verdreht, das „grüne Auge" für alles Thun; überall das zum Lebensinhalt gemachte Missverstehen-*Wollen* des Leidens, dessen Umdeutung in Schuld-, Furcht- und Strafgefühle; überall die Geissel, das härene Hemd, der verhungernde Leib, die Zerknirschung; überall das Sich-selbst-Rädern des Sünders in dem grausamen Räderwerk eines unruhigen, krankhaftlüsternen Gewissens; überall die stumme Qual, die äusserste Furcht, die Agonie des gemarterten Herzens, die Krämpfe eines unbekannten Glücks, der Schrei nach „Erlösung". In der That, mit diesem System von Prozeduren war die alte Depression, Schwere und Müdigkeit gründlich *überwunden*, das Leben wurde wieder *sehr* interessant: wach, ewig wach, übernächtig, glühend, verkohlt, erschöpft und doch nicht müde – so nahm sich der Mensch aus, „der Sünder", der in *diese* Mysterien eingeweiht war. Dieser alte grosse Zauberer im Kampf mit der Unlust, der asketische Priester – er hatte ersichtlich gesiegt, *sein* Reich war gekommen: schon klagte man nicht mehr *gegen* den Schmerz, man *lechzte* nach dem Schmerz; „*mehr* Schmerz! *mehr* Schmerz!" so schrie das Verlangen seiner Jünger und Eingeweihten Jahrhunderte lang. Jede Ausschweifung des Gefühls, die wehe that, Alles was zerbrach, umwarf, zermalmte, entrückte, verzückte, das Geheimniss der Folterstätten, die Erfindsamkeit der Hölle selbst – Alles war nunmehr entdeckt, errathen, ausgenützt, Alles stand dem Zauberer zu Diensten, Alles diente fürderhin dem Siege seines Ideals, des asketischen Ideals... „Mein Reich ist nicht von *dieser* Welt" – redete er nach wie vor: hatte er wirklich das Recht noch, so zu reden?... Goethe hat behauptet, es gäbe nur sechs und dreissig tragische Situationen: man erräth daraus, wenn man's sonst nicht wüsste, dass Goethe kein asketischer Priester war. Der – kennt mehr...

21.

In Hinsicht auf *diese* ganze Art der priesterlichen Medikation, die „schuldige" Art, ist jedes Wort Kritik zu viel. Dass eine solche Ausschweifung des Gefühls, wie sie in diesem Falle der asketische Priester seinen Kranken zu verordnen pflegt (unter den heiligsten Namen, wie sich von selbst versteht, insgleichen durchdrungen von der Heiligkeit seines Zwecks), irgend einem Kranken wirklich *genützt* habe, wer hätte wohl Lust, eine Behauptung der Art aufrecht zu halten? Zum Mindesten sollte man sich über das Wort „nützen" verstehn. Will man damit ausdrücken, ein solches System von Behandlung habe den Menschen *verbessert*, so widerspreche ich nicht: nur dass ich hinzufüge, was bei mir „verbessert" heisst – ebenso viel wie „gezähmt", „geschwächt", „entmuthigt", „raffinirt", „verzärtlicht", „entmannt" (also beinahe so viel als *geschädigt*...) Wenn es sich aber in der Hauptsache um Kranke, Verstimmte, Deprimirte handelt, so macht ein solches System den Kranken, gesetzt selbst, dass es ihn „besser" machte, unter allen Umständen *kränker*; man frage nur die Irrenärzte, was eine methodische Anwendung von Buss-Quälereien, Zerknirschungen und Erlösungskrämpfen immer mit sich führt. Insgleichen befrage man die Geschichte: überall, wo der asketische Priester diese Krankenbehandlung durchgesetzt hat, ist jedes Mal die Krankhaftigkeit unheimlich schnell in die Tiefe und Breite gewachsen. Was war immer der „Erfolg"? Ein zerrüttetes Nervensystem, hinzu zu dem, was sonst schon krank war; und das im Grössten wie im Kleinsten, bei Einzelnen wie bei Massen. Wir finden im Gefolge des Buss- und Erlösungs-training ungeheure epileptische Epidemien, die grössten, von denen die Geschichte weiss, wie die der St. Veit- und St. Johann-Tänzer des Mittelalters; wir finden als andre Form seines Nachspiels furchtbare Lähmungen und Dauer-Depressionen, mit denen unter Umständen das Temperament eines Volkes oder einer Stadt (Genf, Basel) ein für alle Mal in sein Gegentheil umschlägt; – hierher gehört auch die Hexen-Hysterie, etwas dem Somnambulismus Verwandtes (acht grosse epidemische Ausbrüche derselben allein zwischen 1564 und 1605) –; wir finden in seinem Gefolge insgleichen jene todsüchtigen Massen-Delirien, deren entsetzlicher Schrei „evviva la morte" über ganz Europa weg gehört wurde, unterbrochen bald von wollüstigen, bald von zerstörungswüthigen Idiosynkrasien: wie der gleiche Affektwechsel, mit den gleichen Intermittenzen und Umsprüngen auch heute noch überall beobachtet wird, in jedem Falle, wo die asketische Sündenlehre es wieder einmal zu einem grossen Erfolge bringt (die religiöse Neurose *erscheint* als eine Form des „bösen Wesens": daran ist kein Zweifel. Was sie ist? Quaeritur.) In's Grosse gerechnet, so hat sich das asketische Ideal und sein sublim-moralischer Cultus, diese geistreichste, unbedenklichste und gefährlichste Systematisirung aller Mittel der Gefühls-Ausschweifung unter dem Schutz heiliger Absichten auf eine furchtbare und unvergessliche Weise in die ganze Geschichte des Menschen eingeschrieben; und leider *nicht nur* in seine Geschichte... Ich wüsste kaum noch etwas Anderes geltend zu machen, was dermaassen zerstörerisch der *Gesundheit* und Rassen-Kräftigkeit, namentlich der Europäer, zugesetzt hat als dies Ideal; man darf es ohne alle Übertreibung *das eigentliche Verhängniss* in der Gesundheitsgeschichte des europäischen Menschen nennen. Höchstens, dass seinem Einflusse noch der spezifisch-germanische Einfluss gleichzusetzen wäre: ich meine die Alkohol-Vergiftung Europa's, welche streng mit dem politischen und Rassen-Übergewicht der Germanen bisher Schritt gehalten hat (– wo sie ihr Blut einimpften, impften sie auch ihr Laster ein). – Zudritt in der Reihe wäre die Syphilis zu nennen, – magno sed proxima intervallo.

22.

Der asketische Priester hat die seelische Gesundheit verdorben, wo er auch nur zur Herrschaft gekommen ist, er hat folglich auch den *Geschmack* verdorben in artibus et litteris, – er verdirbt ihn immer noch. „Folglich"? – Ich hoffe, man giebt mir dies Folglich einfach zu; zum Mindesten will ich es nicht erst beweisen. Ein einziger Fingerzeig: er gilt dem Grundbuche der christlichen Litteratur, ihrem eigentlichen Modell, ihrem „Buche an sich". Noch inmitten der griechsich-römischen Herrlichkeit, welche auch eine Bücher-Herrlichkeit war, Angesichts einer noch nicht verkümmerten und zertrümmerten antiken Schriften-Welt, zu einer Zeit, da man noch einige Bücher lesen konnte, um deren Besitz man jetz halbe Litteraturen eintauschen würde, wagte es bereits die Einfalt und Eitelkeit christlicher Agitatoren – man heisst sie Kirchenväter – zu dekretiren: „auch *wir* haben unsre klassische Litteratur, *wir brauchen die der Griechen nicht*", – und dabei wies man stolz auf Legendenbücher, Apostelbriefe und apologetische Traktätlein hin, ungefähr so, wie heute die englische „Heilsarmee" mit einer verwandten Litteratur ihren Kampf gegen Shakespeare und andre „Heiden" kämpft. Ich liebe das „neue Testament" nicht, man erräth es bereits; es beunruhigt mich beinahe, mit meinem Geschmack in Betreff dieses geschätztesten, überschätztesten Schriftwerks dermaassen allein zu stehn (der Geschmack zweier Jahrtausende ist *gegen* mich): aber was hilft es! „Hier stehe ich, ich kann nicht anders", – ich habe den Muth zu meinem schlechten Geschmack. Das *alte* Testament – ja das ist ganz etwas Anderes: alle Achtung vor dem alten Testament! In ihm finde ich grosse Menschen, eine heroische Landschaft und Etwas vom Allerseltensten auf Erden, die unvergleichliche Naivetät des *starken Herzens*; mehr noch, ich finde ein Volk. Im neuen dagegen lauter kleine Sekten-Wirthschaft, lauter Rokoko der Seele, lauter Verschnörkeltes, Winkliges, Wunderliches, lauter Conventikel-Luft, nicht zu vergessen einen gelegentlichen Hauch bukolischer Süsslichkeit, welcher der Epoche (*und* der römischen Provinz) angehört und nicht sowohl jüdisch als hellenistisch ist. Demuth und Wichtigthuerei dicht nebeneinander; eine Geschwätzigkeit des Gefühls, die fast betäubt; Leidenschaftlichkeit, keine Leidenschaft; peinliches Gebärdenspiel; hier hat ersichtlich jede gute Erziehung gefehlt. Wie darf man von seinen kleinen Untugenden so viel Wesens machen, wie es diese frommen Männlein thun! Kein Hahn kräht darnach; geschweige denn Gott. Zuletzt wollen sie gar noch „die Krone des ewigen Lebens" haben, alle diese kleinen Leute der Provinz: wozu doch? wofür doch? man kann die Unbescheidenheit nicht weiter treiben. Ein „unsterblicher" Petrus: wer hielte *den* aus! Sie haben einen Ehrgeiz, der lachen macht: *das* käut sein Persönlichstes, seine Dummheiten, Traurigkeiten und Eckensteher-Sorgen vor, als ob das An-sich-der-Dinge verpflichtet sei, sich darum zu kümmern, *das* wird nicht müde, Gott selber in den kleinsten Jammer hinein zu wickeln, in dem sie drin stecken. Und dieses beständige Auf-du-und-du mit Gott des schlechtesten Geschmacks! Diese jüdische, nicht bloss jüdische Zudringlichkeit gegen Gott mit Maul und Tatze!... Es giebt kleine verachtete „Heidenvölker" im Osten Asien's, von denen diese ersten Christen etwas Wesentliches hätten lernen können, etwas *Takt* der Ehrfurcht; jene erlauben sich nicht, wie christliche Missionare bezeugen, den Namen ihres Gottes überhaupt in den Mund zu nehmen. Dies dünkt mich delikat genug; gewiss ist, dass es nicht nur für „erste" Christen zu delikat ist: man erinnere sich doch etwa, um den Gegensatz zu spüren, an Luther, diesen „beredtesten" und unbescheidensten Bauer, den Deutschland gehabt hat, und an die Lutherische Tonart, die gerade ihm in seinen Zwiegesprächen mit Gott am besten gefiel. Luther's Widerstand gegen die Mittler-Heiligen der Kirche (insbesondere gegen „des Teuffels Saw den Bapst") war, daran ist kein Zweifel, im letzten Grunde der Widerstand eines Rüpels, den die *gute Etiquette* der Kirche verdross, jene Ehrfurchts-Etiquette des hieratischen Geschmacks, welche nur die Geweihteren und Schweigsameren in das Allerheiligste einlässt und es gegen die Rüpel zuschliesst. Diese sollen ein für alle Mal gerade hier nicht das Wort haben, – aber Luther, der Bauer, wollte es schlechterdings anders, so war es ihm nicht *deutsch* genug: er wollte vor Allem direkt reden, selber reden, „ungenirt" mit seinem Gotte reden... Nun, er hat's gethan. – Das asketische Ideal, man erräth es wohl, war niemals und nirgendswo eine Schule des guten Geschmacks, noch weniger der guten Manieren, – es war im besten Fall eine Schule der hieratischen Manieren –: das macht, es hat selber Etwas im Leibe, das allen guten Manieren todfeind ist, – Mangel an Maass, Widerwillen gegen Maass, es ist selbst ein „non plus ultra".

23.

Das asketische Ideal hat nicht nur die Gesundheit und den Geschmack verdorben, es hat noch etwas Drittes, Viertes, Fünftes, Sechstes verdorben – ich werde mich hüten zu sagen *was* Alles (wann käme ich zu Ende!). Nicht was dies Ideal *gewirkt* hat, soll hier von mir an's Licht gestellt werden; vielmehr ganz allein nur, was es *bedeutet*, worauf es rathen lässt, was hinter ihm, unter ihm, in ihm versteckt liegt, wofür es der vorläufige, undeutliche, mit Fragezeichen und Missverständnissen überladne Ausdruck ist. Und nur in Hinsicht auf *diesen* Zweck durfte ich meinen Lesern einen Blick auf das Ungeheure seiner Wirkungen, auch seiner verhängnissvollen Wirkungen nicht ersparen: um sie nämlich zum letzten und furchtbarsten Aspekt vorzubereiten, den die Frage nach der Bedeutung jenes Ideals für mich hat. Was bedeutet eben die *Macht* jenes Ideals, das *Ungeheure* seiner Macht? Weshalb ist ihm in diesem Maasse Raum gegeben worden? weshalb nicht besser Widerstand geleistet worden? Das asketische Ideal drückt einen Willen aus: *wo* ist der gegnerische Wille, in dem sich ein *gegnerisches Ideal* ausdrückte? Das asketische Ideal hat ein *Ziel*, – dasselbe ist allgemein genug, dass alle Interessen des menschlichen Daseins sonst, an ihm gemessen, kleinlich und eng erscheinen; es legt sich Zeiten, Völker, Menschen unerbittlich auf dieses Eine Ziel hin aus, es lässt keine andere Auslegung, kein andres Ziel gelten, es verwirft, verneint, bejaht, bestätigt allein im Sinne *seiner* Interpretation (– und gab es je ein zu Ende gedachteres System von Interpretation?); es unterwirft sich keiner Macht, es glaubt vielmehr an sein Vorrecht vor jeder Macht, an seine unbedingte *Rang-Distanz* in Hinsicht auf jede Macht, – es glaubt daran, dass Nichts auf Erden von Macht da ist, das nicht von ihm aus erst einen Sinn, ein Daseins-Recht, einen Werth zu empfangen habe, als Werkzeug zu *seinem* Werke, als Weg und Mittel zu *seinem* Ziele, zu Einem Ziele... Wo ist das *Gegenstück* zu diesem geschlossenen System von Wille, Ziel und Interpretation? Warum *fehlt* das Gegenstück?... Wo ist das *andre* "Eine Ziel"?... Aber man sagt mir, es fehle *nicht*, es habe nicht nur einen langen glücklichen Kampf mit jenem Ideale gekämpft, es sei vielmehr in allen Hauptsachen bereits über jenes Ideal Herr geworden: unsre ganze moderne *Wissenschaft* sei das Zeugniss dafür, – diese moderne Wissenschaft, welche, als eine eigentliche Wirklichkeits-Philosophie, ersichtlich allein an sich selber glaube, ersichtlich den Muth zu sich, den Willen zu sich besitze und gut genug bisher ohne Gott, Jenseits und verneinende Tugenden ausgekommen sei. Indessen mit solchem Lärm und Agitatoren-Geschwätz richtet man Nichts bei mir aus: diese Wirklichkeits-Trompeter sind schlechte Musikanten, ihre Stimmen kommen hörbar genug *nicht* aus der Tiefe, aus ihnen redet *nicht* der Abgrund des wissenschaftlichen Gewissens – denn heute ist das wissenschaftliche Gewissen ein Abgrund –, das Wort „Wissenschaft" ist in solchen Trompeter-Mäulern einfach eine Unzucht, ein Missbrauch, eine Schamlosigkeit. Gerade das Gegentheil von dem, was hier behauptet wird, ist die Wahrheit: die Wissenschaft hat heute schlechterdings *keinen* Glauben an sich, geschweige ein Ideal *über* sich, – und wo sie überhaupt noch Leidenschaft, Liebe, Gluth, *Leiden* ist, da ist sie nicht der Gegensatz jenes asketischen Ideals, vielmehr *dessen jüngste und vornehmste Form* selber. Klingt euch das fremd?... Es giebt ja genug braves und bescheidenes Arbeiter-Volk auch unter den Gelehrten von Heute, dem sein kleiner Winkel gefällt, und das darum, weil es ihm darin gefällt, bisweilen ein wenig unbescheiden mit der Forderung laut wird, man *solle* überhaupt heute zufrieden sein, zumal in der Wissenschaft, – es gäbe da gerade so viel Nützliches zu thun. Ich widerspreche nicht; am wenigsten möchte ich diesen ehrlichen Arbeitern ihre Lust am Handwerk verderben: denn ich freue mich ihrer Arbeit. Aber damit, dass jetzt in der Wissenschaft streng gearbeitet wird und dass es zufriedne Arbeiter giebt, ist schlechterdings *nicht* bewiesen, dass die Wissenschaft als Ganzes heute ein Ziel, einen Willen, ein Ideal, eine Leidenschaft des grossen Glaubens habe. Das Gegentheil, wie gesagt, ist der Fall: wo sie nicht die jüngste Erscheinungsform des asketischen Ideals ist, – es handelt sich da um zu seltne, vornehme, ausgesuchte Fälle, als dass damit das Gesammturtheil umgebogen werden könnte – ist die Wissenschaft heute ein *Versteck* für alle Art Missmuth, Unglauben, Nagewurm, despectio sui, schlechtes Gewissen, – sie ist die *Unruhe* der Ideallosigkeit selbst, das Leiden am *Mangel* der grossen Liebe, das Ungenügen an einer *unfreiwilligen* Genügsamkeit. Oh was verbirgt heute nicht Alles Wissenschaft! wie viel *soll* sie mindestens verbergen! Die Tüchtigkeit unsrer besten Gelehrten, ihr besinnungsloser Fleiss, ihr Tag und Nacht rauchender Kopf, ihre Handwerks-Meisterschaft selbst – wie oft hat das Alles seinen eigentlichen Sinn darin, sich selbst irgend Etwas nicht mehr sichtbar werden zu lassen! Die Wissenschaft als Mittel der Selbst-Betäubung: *kennt ihr das*?... Man verwundet sie – Jeder erfährt es, der mit Gelehrten umgeht – mitunter durch ein harmloses Wort bis auf den Knochen, man erbittert seine gelehrten Freunde gegen sich, im Augenblick, wo man sie zu ehren meint, man bringt sie ausser Rand und Band, bloss weil man zu grob war, um zu errathen, mit wem man es eigentlich zu thun hat, mit *Leidenden*, die es sich selbst nicht eingestehn wollen, was sie sind, mit Betäubten und Besinnungslosen, die nur Eins fürchten: *zum Bewusstsein zu kommen*...

24.

– Und nun sehe man sich dagegen jene seltneren Fälle an, von denen ich sprach, die letzten Idealisten, die es heute unter Philosophen und Gelehrten giebt: hat man in ihnen vielleicht die gesuchten *Gegner* des asketischen Ideals, dessen *Gegen-Idealisten*? In der That, sie *glauben* sich als solche, diese „Ungläubigen" (denn das sind sie allesammt); es scheint gerade Das ihr letztes Stück Glaube, Gegner dieses Ideals zu sein, so ernsthaft sind sie an dieser Stelle, so leidenschaftlich wird da gerade ihr Wort, ihre Gebärde: – brauchte es deshalb schon *wahr* zu sein, was sie glauben?... Wir „Erkennenden" sind nachgerade misstrauisch gegen alle Art Gläubige; unser Misstrauen hat uns allmählich darauf eingeübt, umgekehrt zu schliessen, als man ehedem schloss: nämlich überall, wo die Stärke eines Glaubens sehr in den Vordergrund tritt, auf eine gewisse Schwäche der Beweisbarkeit, auf *Unwahrscheinlichkeit* selbst des Geglaubten zu schliessen. Auch wir leugnen nicht, dass der Glaube „selig macht": *eben deshalb* leugnen wir, dass der Glaube Etwas *beweist*, – ein starker Glaube, der selig macht, ist ein Verdacht gegen Das, woran er glaubt, er begründet nicht „Wahrheit", er begründet eine gewisse Wahrscheinlichkeit – der *Täuschung*. Wie steht es nun in diesem Falle? – Diese Verneinenden und Abseitigen von Heute, diese Unbedingten in Einem, im Anspruch auf intellektuelle Sauberkeit, diese harten, strengen, enthaltsamen, heroischen Geister, welche die Ehre unsrer Zeit ausmachen, alle diese blassen Atheisten, Antichristen, Immoralisten, Nihilisten, diese Skeptiker, Ephektiker, *Hektiker* des Geistes (letzteres sind sie sammt und sonders, in irgend einem Sinne), diese letzten Idealisten der Erkenntniss, in denen allein heute das intellektuelle Gewissen wohnt und leibhaft ward, – sie glauben sich in der That so losgelöst als möglich vom asketischen Ideale, diese „freien, *sehr* freien Geister": und doch, dass ich ihnen verrathe, was sie selbst nicht sehen können – denn sie stehen sich zu nahe – dies Ideal ist gerade auch *ihr* Ideal, sie selbst stellen es heute dar, und Niemand sonst vielleicht, sie selbst sind seine vergeistigtste Ausgeburt, seine vorgeschobenste Krieger- und Kundschafter-Schaar, seine verfänglichste, zarteste, unfasslichste Verführungsform: – wenn ich irgend worin Räthselrather bin, so will ich es mit *diesem* Satze sein!... Das sind noch lange keine *freien* Geister: *denn sie glauben noch an die Wahrheit*... Als die christlichen Kreuzfahrer im Orient auf jenen unbesiegbaren Assassinen-Orden stiessen, jenen Freigeister-Orden par excellence, dessen unterste Grade in einem Gehorsame lebten, wie einen gleichen kein Mönchsorden erreicht hat, da bekamen sie auf irgend welchem Wege auch einen Wink über jenes Symbol und Kerbholz-Wort, das nur den obersten Graden, als deren Secretum, vorbehalten war: „Nichts ist wahr, Alles ist erlaubt"… Wohlan, *das war Freiheit* des Geistes, *damit* war der Wahrheit selbst der Glaube *gekündigt*… Hat wohl je schon ein europäischer, ein christlicher Freigeist sich in diesen Satz und seine labyrinthischen *Folgerungen* verirrt? kennt er den Minotauros dieser Höhle *aus Erfahrung*?… Ich zweifle daran, mehr noch, ich weiss es anders: – Nichts ist diesen Unbedingten in Einem, diesen *sogenannten* "freien Geistern" gerade fremder als Freiheit und Entfesselung in jenem Sinne, in keiner Hinsicht sind sie gerade fester gebunden, im Glauben gerade an die Wahrheit sind sie, wie Niemand anders sonst, fest und unbedingt. Ich kenne dies Alles vielleicht zu sehr aus der Nähe: jene verehrenswürdige Philosophen-Enthaltsamkeit, zu der ein solcher Glaube verpflichtet, jener Stoicismus des Intellekts, der sich das Nein zuletzt eben so streng verbietet wie das Ja, jenes Stehenbleiben-*Wollen* vor dem Thatsächlichen, dem factum *brutum*, jener Fatalismus der „petits faits" (ce petit faitalisme, wie ich ihn nenne), worin die französische Wissenschaft jetzt eine Art moralischen Vorrangs vor der deutschen sucht, jenes Verzichtleisten auf Interpretation überhaupt (auf das Vergewaltigen, Zurechtschieben, Abkürzen, Weglassen, Ausstopfen, Ausdichten, Umfälschen und was sonst zum *Wesen* alles Interpretirens gehört) – das drückt, in's Grosse gerechnet, ebensogut Ascetismus der Tugend aus, wie irgend eine Verneinung der Sinnlichkeit (es ist im Grunde nur ein modus dieser Verneinung). Was aber zu ihm *zwingt*, jener unbedingte Wille zur Wahrheit, das ist der *Glaube an das asketische Ideal selbst*, wenn auch als sein unbewusster Imperativ, man täusche sich hierüber nicht, – das ist der Glaube an einen *metaphysischen* Werth, einen Werth *an sich der Wahrheit*, wie er allein in jenem Ideal verbürgt und verbrieft ist (er steht und fällt mit jenem Ideal). Es giebt, streng geurtheilt, gar keine „voraussetzungslose" Wissenschaft, der Gedanke einer solchen ist unausdenkbar, paralogisch: eine Philosophie, ein „Glaube" muss immer erst da sein, damit aus ihm die Wissenschaft eine Richtung, einen Sinn, eine Grenze, eine Methode, ein *Recht* auf Dasein gewinnt. (Wer es umgekehrt versteht, wer zum Beispiel sich anschickt, die Philosophie „auf streng wissenschaftliche Grundlage" zu stellen, der hat dazu erst nöthig, nicht nur die Philosophie, sondern auch die Wahrheit selber *auf den Kopf zu stellen*: die ärgste Anstands-Verletzung, die es in Hinsicht auf zwei so ehrwürdige Frauenzimmer geben kann!) Ja, es ist kein Zweifel – und hiermit lasse ich meine „fröhliche Wissenschaft“ zu Worte kommen, vergl. deren fünftes Buch S. 263 – „der Wahrhaftige, in jenem verwegenen und letzten Sinne, wie ihn der Glaube an die Wissenschaft voraussetzt, *bejaht damit eine andre Welt* als die des Lebens, der Natur und der Geschichte; und insofern er diese „andre Welt“ bejaht, wie? muss er nicht eben damit ihr Gegenstück, diese Welt, *unsre* Welt – verneinen?... Es ist immer noch ein *metaphysischer Glaube*, auf dem unser Glaube an die Wissenschaft ruht, – auch wir Erkennenden von Heute, wir Gottlosen und Antimetaphysiker, auch wir nehmen *unser* Feuer noch von jenem Brande, den ein Jahrtausende alter Glaube entzündet hat, jener Christen-Glaube, der auch der Glaube Plato's war, dass Gott die Wahrheit ist, dass die Wahrheit *göttlich* ist... Aber wie, wenn gerade dies immer mehr unglaubwürdig wird, wenn Nichts sich mehr als göttlich erweist, es sei denn der Irrthum, die Blindheit, die Lüge, – wenn Gott selbst sich als unsre *längste Lüge* erweist?“ – – An dieser Stelle thut es Noth, Halt zu machen und sich lange zu besinnen. Die Wissenschaft selber *bedarf* nunmehr einer Rechtfertigung (womit noch nicht einmal gesagt sein soll, dass es eine solche für sie giebt). Man sehe sich auf diese Frage die ältesten und die jüngsten Philosophien an: in ihnen allen fehlt ein Bewusstsein darüber, inwiefern der Wille zur Wahrheit selbst erst einer Rechtfertigung bedarf, hier ist eine Lücke in jeder Philosophie – woher kommt das? Weil das asketische Ideal über alle Philosophie bisher *Herr* war, weil Wahrheit als Sein, als Gott, als oberste Instanz selbst gesetzt wurde, weil Wahrheit gar nicht Problem sein *durfte*. Versteht man dies „durfte“? – Von dem Augenblick an, wo der Glaube an den Gott des asketischen Ideals verneint ist, *giebt es auch ein neues Problem*: das vom *Werthe* der Wahrheit. – Der Wille zur Wahrheit bedarf einer Kritik – bestimmen wir hiermit unsre eigene Aufgabe –, der Werth der Wahrheit ist versuchsweise einmal in *Frage zu stellen*... (Wem dies zu kurz gesagt scheint, dem sei empfohlen, jenen Abschnitt der „fröhlichen Wissenschaft“ nachzulesen, welcher den Titel trägt: „Inwiefern auch wir noch fromm sind“ S. 260 ff, am besten das ganze fünfte Buch des genannten Werks, insgleichen die Vorrede zur „Morgenröthe“.)

25.

Nein! Man komme mir nicht mit der Wissenschaft, wenn ich nach dem natürlichen Antagonisten des asketischen Ideals suche, wenn ich frage: „*wo* ist der gegnerische Wille, in dem sich sein *gegnerisches Ideal* ausdrückt?“ Dazu steht die Wissenschaft lange nicht genug auf sich selber, sie bedarf in jedem

Betrachte erst eines Werth-Ideals, einer wertheschaffenden Macht, in deren *Dienste* sie an sich selber *glauben darf,* – sie selbst ist niemals wertheschaffend. Ihr Verhältniss zum asketischen Ideal ist an sich durchaus noch nicht antagonistisch; sie stellt in der Hauptsache sogar eher noch die vorwärtstreibende Kraft in dessen innerer Ausgestaltung dar. Ihr Widerspruch und Kampf bezieht sich, feiner geprüft, gar nicht auf das Ideal selbst, sondern nur auf dessen Aussenwerke, Einkleidung, Maskenspiel, auf dessen zeitweilige Verhärtung, Verholzung, Verdogmatisirung – sie macht das Leben in ihm wieder frei, indem sie das Exoterische an ihm verneint. Diese Beiden, Wissenschaft und asketisches Ideal, sie stehen ja auf Einem Boden – ich gab dies schon zu verstehn –: nämlich auf der gleichen Überschätzung der Wahrheit (richtiger: auf dem gleichen Glauben an die *Un*abschätzbarkeit, *Un*kritisirbarkeit der Wahrheit), eben damit sind sie sich *nothwendig* Bundesgenossen, – so dass sie, gesetzt, dass sie bekämpft werden, auch immer nur gemeinsam bekämpft und in Frage gestellt werden können. Eine Werthabschätzung des asketischen Ideals zieht unvermeidlich auch eine Werthabschätzung der Wissenschaft nach sich: dafür mache man sich bei Zeiten die Augen hell, die Ohren spitz! (Die *Kunst,* vorweg gesagt, denn ich komme irgendwann des Längeren darauf zurück, – die Kunst, in der gerade die *Lüge* sich heiligt, der *Wille zur Täuschung* das gute Gewissen zur Seite hat, ist dem asketischen Ideale viel grundsätzlicher entgegengestellt als die Wissenschaft: so empfand es der Instinkt Plato's, dieses grössten Kunstfeindes, den Europa bisher hervorgebracht hat. Plato *gegen* Homer: das ist der ganze, der ächte Antagonismus – dort der „Jenseitige" besten Willens, der grosse Verleumder des Lebens, hier dessen unfreiwilliger Vergöttlicher, die *goldene* Natur. Eine Künstler-Dienstbarkeit im Dienste des asketischen Ideals ist deshalb die eigentlichste Künstler-*Corruption,* die es geben kann, leider eine der allergewöhnlichsten: denn Nichts ist corruptibler, als ein Künstler.) Auch physiologisch nachgerechnet, ruht die Wissenschaft auf dem gleichen Boden wie das asketische Ideal: eine gewisse *Verarmung des Lebens* ist hier wie dort die Voraussetzung, – die Affekte kühl geworden, das tempo verlangsamt, die Dialektik an Stelle des Instinktes, der *Ernst* den Gesichtern und Gebärden aufgedrückt (der Ernst, dieses unmissverständlichste Abzeichen des mühsameren Stoffwechsels, des ringenden, schwerer arbeitenden Lebens). Man sehe sich die Zeiten eines Volkes an, in denen der Gelehrte in den Vordergrund tritt: es sind Zeiten der Ermüdung, oft des Abends, des Niederganges, – die überströmende Kraft, die Lebens-Gewissheit, die *Zukunfts*-Gewissheit sind dahin. Das Übergewicht des Mandarinen bedeutet niemals etwas Gutes: so wenig als die Heraufkunft der Demokratie, der Friedens-Schiedsgerichte an Stelle der Kriege, der Frauen-Gleichberechtigung, der Religion des Mitleids und was es sonst Alles für Symptome des absinkenden Lebens giebt. (Wissenschaft als Problem gefasst; was bedeutet Wissenschaft? – vergl. darüber die Vorrede zur „Geburt der Tragödie".) – Nein! diese „moderne Wissenschaft" – macht euch nur dafür die Augen auf! – ist einstweilen die *beste* Bundesgenossin des asketischen Ideals, und gerade deshalb, weil sie die unbewussteste, die unfreiwilligste, die heimlichste und unterirdischste ist! Sie haben bis jetzt Ein Spiel gespielt, die „Armen des Geistes" und die wissenschaftlichen Widersacher jenes Ideals (man hüte sich, anbei gesagt, zu denken, dass sie deren Gegensatz seien, etwa als die *Reichen* des Geistes: – das sind sie *nicht*, ich nannte sie Hektiker des Geistes). Diese berühmten *Siege* der letzteren: unzweifelhaft, es sind Siege – aber worüber? Das asketische Ideal wurde ganz und gar nicht in ihnen besiegt, es wurde eher damit stärker, nämlich unfasslicher, geistiger, verfänglicher gemacht, dass immer wieder eine Mauer, ein Aussenwerk, das sich an dasselbe angebaut hatte und seinen Aspekt *vergröberte*, seitens der Wissenschaft schonungslos abgelöst, abgebrochen worden ist. Meint man in der That, dass etwa die Niederlage der theologischen Astronomie eine Niederlage jenes Ideals bedeute?... Ist damit vielleicht der Mensch *weniger bedürftig* nach einer Jenseitigkeits-Lösung seines Räthsels von Dasein geworden, dass dieses Dasein sich seitdem noch beliebiger, eckensteherischer, entbehrlicher in der *sichtbaren* Ordnung der Dinge ausnimmt? Ist nicht gerade die Selbstverkleinerung des Menschen, sein *Wille* zur Selbstverkleinerung seit Kopernikus in einem unaufhaltsamen Fortschritte? Ach, der Glaube an seine Würde, Einzigkeit, Unersetzlichkeit in der Rangabfolge der Wesen ist dahin, – er ist *Thier* geworden, Thier, ohne Gleichniss, Abzug und Vorbehalt, er, der in seinem früheren Glauben beinahe Gott („Kind Gottes", „Gottmensch") war... Seit Kopernikus scheint der Mensch auf eine schiefe Ebene gerathen, – er rollt immer schneller nunmehr aus dem Mittelpunkte weg – wohin? in's Nichts? in's „*durchbohrende* Gefühl seines Nichts"?... Wohlan! dies eben wäre der gerade Weg – in's *alte* Ideal?... *Alle* Wissenschaft (und keineswegs nur die Astronomie, über deren demüthigende und herunterbringende Wirkung Kant ein bemerkenswerthes Geständniss gemacht hat, „sie vernichtet meine Wichtigkeit"...), alle Wissenschaft, die natürliche sowohl, wie die *unnatürliche* – so heisse ich die Erkenntniss-Selbstkritik – ist heute darauf aus, dem Menschen seine bisherige Achtung vor sich auszureden, wie als ob dieselbe Nichts als ein bizarrer Eigendünkel gewesen sei; man könnte sogar sagen, sie habe ihren eigenen Stolz, ihre eigene herbe Form von stoischer Ataraxie darin, diese mühsam errungene *Selbstverachtung* des Menschen als dessen letzten, ernstesten Anspruch auf Achtung bei sich selbst aufrecht zu erhalten (mit Recht, in der That: denn der Verachtende ist immer noch Einer, der „das Achten nicht verlernt hat"...) Wird damit dem asketischen Ideale eigentlich *entgegengearbeitet*? Meint man wirklich alles Ernstes noch (wie es die Theologen eine Zeit lang sich einbildeten), dass etwa Kant's *Sieg* über die theologische Begriffs-Dogmatik („Gott", „Seele", „Freiheit", „Unsterblichkeit") jenem Ideale Abbruch gethan habe? – wobei es uns einstweilen Nichts angehen soll, ob Kant selber etwas Derartiges überhaupt auch nur in Absicht gehabt hat. Gewiss ist, dass alle Art Transcendentalisten seit Kant wieder gewonnenes Spiel haben, – sie sind von den Theologen emancipirt: welches Glück! – er hat ihnen jenen Schleichweg verrathen, auf dem sie nunmehr auf eigne Faust und mit dem besten wissenschaftlichen Anstande den „Wünschen ihres Herzens" nachgehen dürfen. Insgleichen: wer dürfte es nunmehr den Agnostikern verargen, wenn sie, als die Verehrer des Unbekannten und Geheimnissvollen an sich, *das Fragezeichen selbst* jetzt als Gott anbeten? (Xaver Doudan spricht einmal von den ravages, welche „l'habitude d' *admirer* l'inintelligible au lieu de rester tout simplement dans l'inconnu" angerichtet habe; er meint, die Alten hätten dessen entrathen.) Gesetzt, dass Alles, was der Mensch „erkennt", seinen Wünschen nicht genug thut, ihnen vielmehr widerspricht und Schauder macht, welche göttliche Ausflucht, die Schuld davon nicht im „Wünschen", sondern im „Erkennen" suchen zu dürfen!... „Es giebt kein Erkennen: *folglich* – giebt es einen Gott": welche neue elegantia syllogismi! welcher *Triumph* des asketischen Ideals! –

26.

– Oder zeigte vielleicht die gesammte moderne Geschichtsschreibung eine lebensgewissere, idealgewissere Haltung? Ihr vornehmster Anspruch geht jetzt dahin, *Spiegel* zu sein; sie lehnt alle Teleologie ab; sie will Nichts mehr „beweisen"; sie verschmäht es, den Richter zu spielen, und hat darin ihren guten Geschmack, – sie bejaht so wenig als sie verneint, sie stellt fest, sie „beschreibt"... Dies Alles ist in einem hohen Grade asketisch; es ist aber zugleich in einem noch höheren Grade *nihilistisch*, darüber täusche man sich nicht! Man sieht einen traurigen, harten, aber entschlossenen Blick, – ein Auge, das *hinausschaut*, wie ein vereinsamter Nordpolfahrer hinausschaut (vielleicht um nicht hineinzuschauen? um nicht zurückzuschauen?...) Hier ist Schnee, hier ist das

Leben verstummt; die letzten Krähen, die hier laut werden, heissen „Wozu?", „Umsonst!", „Nada!" – hier gedeiht und wächst Nichts mehr, höchstens Petersburger Metapolitik und Tolstoi'sches „Mitleid". Was aber jene andre Art von Historikern betrifft, eine vielleicht noch „modernere" Art, eine genüssliche, wollüstige, mit dem Leben ebenso sehr als mit dem asketischen Ideal liebäugelnde Art, welche das Wort „Artist" als Handschuh gebraucht und heute das Lob der Contemplation ganz und gar für sich in Pacht genommen hat: oh welchen Durst erregen diese süssen Geistreichen selbst noch nach Asketen und Winterlandschaften! Nein! dies „beschauliche" Volk mag sich der Teufel holen! Um wie viel lieber will ich noch mit jenen historischen Nihilisten durch die düstersten grauen kalten Nebel wandern! – ja, es soll mir nicht darauf ankommen, gesetzt, dass ich wählen muss, selbst einem ganz eigentlich Unhistorischen, Widerhistorischen Gehör zu schenken (wie jenem Dühring, an dessen Tönen sich im heutigen Deutschland eine bisher noch schüchterne, noch uneingeständliche Species „schöner Seelen" berauscht, die Species anarchistica innerhalb des gebildeten Proletariats). Hundert Mal schlimmer sind die „Beschaulichen" –: ich wüsste Nichts, was so sehr Ekel machte, als solch ein „objektiver" Lehnstuhl, solch ein duftender Genüssling vor der Historie, halb Pfaff, halb Satyr, Parfum Renan, der schon mit dem hohen Falsett seines Beifalls verräth, was ihm abgeht, *wo* es ihm abgeht, *wo* in diesem Falle die Parze ihre grausame Scheere ach! allzu chirurgisch gehandhabt hat! Das geht mir wider den Geschmack, auch wider die Geduld: behalte bei solchen Aspekten seine Geduld, wer Nichts an ihr zu verlieren hat, – mich ergrimmt solch ein Aspekt, solche „Zuschauer" erbittern mich gegen das „Schauspiel", mehr noch als das Schauspiel (die Historie selbst, man versteht mich), unversehens kommen mir dabei anakreontische Launen. Diese Natur, die dem Stier das Horn, dem Löwen das σχισμω οδοντων gab, wozu gab mir die Natur den Fuss?... Zum Treten, beim heiligen Anakreon! und nicht nur zum Davonlaufen: zum Zusammentreten der morschen Lehnstühle, der feigen Beschaulichkeit, des lüsternen Eunuchenthums vor der Historie, der Liebäugelei mit asketischen Idealen, der Gerechtigkeits-Tartüfferie der Impotenz! Alle meine Ehrfurcht dem asketischen Ideale, *sofern es ehrlich ist*! so lange es an sich selber glaubt und uns keine Possen vormacht! Aber ich mag alle diese koketten Wanzen nicht, deren Ehrgeiz unersättlich darin ist, nach dem Unendlichen zu riechen, bis zuletzt das Unendliche nach Wanzen riecht; ich mag die übertünchten Gräber nicht, die das Leben schauspielern; ich mag die Müden und Vernutzten nicht, welche sich in Weisheit einwickeln und „objektiv" blicken; ich mag die zu Helden aufgeputzten

Agitatoren nicht, die eine Tarnkappe von Ideal um ihren Strohwisch von Kopf tragen; ich mag die ehrgeizigen Künstler nicht, die den Asketen und Priester bedeuten möchten und im Grunde nur tragische Hanswürste sind; ich mag auch sie nicht, diese neuesten Spekulanten in Idealismus, die Antisemiten, welche heute ihre Augen christlich-arisch-biedermännisch verdrehn und durch einen jede Geduld erschöpfenden Missbrauch des wohlfeilsten Agitationsmittels, der moralischen Attitüde, alle Hornvieh-Elemente des Volkes aufzuregen suchen (– dass *jede* Art Schwindel-Geisterei im heutigen Deutschland nicht ohne Erfolg bleibt, hängt mit der nachgerade unableugbaren und bereits handgreiflichen *Verödung* des deutschen Geistes zusammen, deren Ursache ich in einer allzuausschliesslichen Ernährung mit Zeitungen, Politik, Bier und Wagnerischer Musik suche, hinzugerechnet, was die Voraussetzung für diese Diät abgiebt: einmal die nationale Einklemmung und Eitelkeit, das starke, aber enge Princip „Deutschland, Deutschland über Alles", sodann aber die Paralysis agitans der „modernen Ideen"). Europa ist heute reich und erfinderisch vor Allem in Erregungsmitteln, es scheint Nichts nöthiger zu haben als Stimulantia und gebrannte Wasser: daher auch die ungeheure Fälscherei in Idealen, diesen gebranntesten Wassern des Geistes, daher auch die widrige, übelriechende, verlogne, pseudoalkoholische Luft überall. Ich möchte wissen, wie viel Schiffsladungen von nachgemachtem Idealismus, von Helden-Kostümen und Klapperblech grosser Worte, wie viel Tonnen verzuckerten spirituosen Mitgefühls (Firma: la religion de la souffrance), wie viel Stelzbeine „edler Entrüstung" zur Nachhülfe geistig Plattfüssiger, wie viel *Komödianten* des christlich-moralischen Ideals heute aus Europa exportirt werden müssten, damit seine Luft wieder reinlicher röche... Ersichtlich steht in Hinsicht auf diese Überproduktion eine neue *Handels*-Möglichkeit offen, ersichtlich ist mit kleinen Ideal-Götzen und zugehörigen „Idealisten" ein neues „Geschäft" zu machen – man überhöre diesen Zaunspfahl nicht! Wer hat Muth genug dazu? – wir haben es in der *Hand*, die ganze Erde zu „idealisiren"!... Aber was rede ich von Muth: hier thut Eins nur Noth, eben die Hand, eine unbefangne, eine sehr unbefangne Hand...

27.

– Genug! Genug! Lassen wir diese Curiositäten und Complexitäten des modernsten Geistes, an denen ebensoviel zum Lachen als zum Verdriessen ist: gerade *unser* Problem kann deren entrathen, das Problem von der *Bedeutung* des asketischen Ideals, – was hat dasselbe mit Gestern und Heute zu thun! Jene Dinge sollen von mir in einem andren Zusammenhange gründlicher und härter angefasst werden (unter dem Titel „Zur Geschichte des europäischen Nihilismus"; ich verweise dafür auf ein Werk, das ich vorbereite: Der Wille zur Macht, *Versuch einer Umwerthung aller Werthe*). Worauf es mir allein ankommt hier hingewiesen zu haben, ist dies: das asketische Ideal hat auch in der geistigsten Sphäre einstweilen immer nur noch Eine Art von wirklichen Feinden und *Schädigern*: das sind die Komödianten dieses Ideals, – denn sie wecken Misstrauen. überall sonst, wo der Geist heute streng, mächtig und ohne Falschmünzerei am Werke ist, entbehrt er jetzt überhaupt des Ideals – der populäre Ausdruck für diese Abstinenz ist „Atheismus" –: *abgerechnet seines Willens zur Wahrheit*. Dieser Wille aber, dieser *Rest* von Ideal, ist, wenn man mir glauben will, jenes Ideal selbst in seiner strengsten, geistigsten Formulirung, esoterisch ganz und gar, alles Aussenwerks entkleidet, somit nicht sowohl sein Rest, als sein *Kern*. Der unbedingte redliche Atheismus (– und *seine* Luft allein athmen wir, wir geistigeren Menschen dieses Zeitalters!) steht demgemäss *nicht* im Gegensatz zu jenem Ideale, wie es den Anschein hat; er ist vielmehr nur eine seiner letzten Entwicklungsphasen, eine seiner Schlussformen und inneren Folgerichtigkeiten, – er ist die Ehrfurcht gebietende *Katastrophe* einer zweitausendjährigen Zucht zur Wahrheit, welche am Schlusse sich die *Lüge im Glauben an Gott* verbietet. (Derselbe Entwicklungsgang in Indien, in vollkommner Unabhängigkeit, und deshalb Etwas beweisend; dasselbe Ideal zum gleichen Schlusse zwingend; der entscheidende Punkt fünf Jahrhunderte vor der europäischen Zeitrechnung erreicht, mit Buddha, genauer: schon mit der Sankhyam-Philosophie, diese dann durch Buddha popularisirt und zur Religion gemacht.) *Was*, in aller Strenge gefragt, hat eigentlich über den christlichen Gott *gesiegt*? Die Antwort steht in meiner „fröhlichen Wissenschaft": „die christliche Moralität selbst, der immer strenger genommene Begriff der Wahrhaftigkeit, die Beichtväter-Feinheit des christlichen Gewissens, übersetzt und sublimirt zum wissenschaftlichen Gewissen, zur intellektuellen Sauberkeit um jeden Preis. Die Natur ansehn, als ob sie ein Beweis für die Güte und Obhut eines Gottes sei; die Geschichte interpretiren zu Ehren einer göttlichen Vernunft, als beständiges Zeugniss einer sittlichen Weltordnung und sittlicher Schlussabsichten; die eigenen Erlebnisse auslegen, wie sie fromme Menschen lange genug ausgelegt haben, wie als ob Alles Fügung, Alles Wink, Alles dem Heil der Seele zu Liebe ausgedacht und geschickt sei: das ist nunmehr *vorbei*, das hat das Gewissen *gegen* sich, das gilt allen feineren Gewissen als unanständig, unehrlich, als Lügnerei, Feminismus,

Schwachheit, Feigheit, – mit dieser Strenge, wenn irgend womit, sind wir eben *gute Europäer* und Erben von Europa's längster und tapferster Selbstüberwindung"... Alle grossen Dinge gehen durch sich selbst zu Grunde, durch einen Akt der Selbstaufhebung: so will es das Gesetz des Lebens, das Gesetz der *nothwendigen* "Selbstüberwindung" im Wesen des Lebens, – immer ergeht zuletzt an den Gesetzgeber selbst der Ruf: „patere legem, quam ipse tulisti." Dergestalt gieng das Christenthum *als Dogma* zu Grunde, an seiner eignen Moral; dergestalt muss nun auch das Christenthum *als Moral* noch zu Grunde gehn, – wir stehen an der Schwelle *dieses* Ereignisses. Nachdem die christliche Wahrhaftigkeit einen Schluss nach dem andern gezogen hat, zieht sie am Ende ihren *stärksten Schluss*, ihren Schluss *gegen* sich selbst; dies aber geschieht, wenn sie die Frage stellt *„was bedeutet aller Wille zur Wahrheit?"*... Und hier rühre ich wieder an mein Problem, an unser Problem, meine *unbekannten* Freunde (– denn noch *weiss* ich von keinem Freunde): welchen Sinn hätte *unser* ganzes Sein, wenn nicht den, dass in uns jener Wille zur Wahrheit sich selbst *als Problem* zum Bewusstsein gekommen wäre?... An diesem Sich-bewusst-werden des Willens zur Wahrheit geht von nun an – daran ist kein Zweifel – die Moral *zu Grunde*: jenes grosse Schauspiel in hundert Akten, das den nächsten zwei Jahrhunderten Europa's aufgespart bleibt, das furchtbarste, fragwürdigste und vielleicht auch hoffnungsreichste aller Schauspiele...

28.

Sieht man vom asketischen Ideale ab: so hatte der Mensch, das *Thier* Mensch bisher keinen Sinn. Sein Dasein auf Erden enthielt kein Ziel; „wozu Mensch überhaupt?" – war eine Frage ohne Antwort; der *Wille* für Mensch und Erde fehlte; hinter jedem grossen Menschen-Schicksale klang als Refrain ein noch grösseres „Umsonst!" *Das* eben bedeutet das asketische Ideal: dass Etwas *fehlte*, dass eine ungeheure *Lücke* den Menschen umstand, – er wusste sich selbst nicht zu rechtfertigen, zu erklären, zu bejahen, er *litt* am Probleme seines Sinns. Er litt auch sonst, er war in der Hauptsache ein *krankhaftes* Thier: aber *nicht* das Leiden selbst war sein Problem, sondern dass die Antwort fehlte für den Schrei der Frage *„wozu* leiden?" Der Mensch, das tapferste und leidgewohnteste Thier, verneint an sich *nicht* das Leiden: er *will* es, er sucht es selbst auf, vorausgesetzt, dass man ihm einen *Sinn* dafür aufzeigt, ein *Dazu* des Leidens. Die Sinnlosigkeit des Leidens, *nicht* das Leiden, war der Fluch, der bisher über der Menschheit ausgebreitet lag, – *und das asketische Ideal bot ihr einen Sinn*! Es war bisher der einzige Sinn; irgend ein Sinn ist besser als gar kein Sinn; das asketische Ideal war in jedem Betracht das „*faute de mieux*" par excellence, das es bisher gab. In ihm war das Leiden *ausgelegt*; die ungeheure Leere schien ausgefüllt; die Thür schloss sich vor allem selbstmörderischen Nihilismus zu. Die Auslegung – es ist kein Zweifel – brachte neues Leiden mit sich, tieferes, innerlicheres, giftigeres, am Leben nagenderes: sie brachte alles Leiden unter die Perspektive der *Schuld*… Aber trotzalledem – der Mensch war damit *gerettet*, er hatte einen *Sinn*, er war fürderhin nicht mehr wie ein Blatt im Winde, ein Spielball des Unsinns, des „Ohne-Sinns", er konnte nunmehr Etwas *wollen*, – gleichgültig zunächst, wohin, wozu, womit er wollte: *der Wille selbst war gerettet*. Man kann sich schlechterdings nicht verbergen, *was* eigentlich jenes ganze Wollen ausdrückt, das vom asketischen Ideale her seine Richtung bekommen hat: dieser Hass gegen das Menschliche, mehr noch gegen das Thierische, mehr noch gegen das Stoffliche, dieser Abscheu vor den Sinnen, vor der Vernunft selbst, diese Furcht vor dem Glück und der Schönheit, dieses Verlangen hinweg aus allem Schein, Wechsel, Werden, Tod, Wunsch, Verlangen selbst – das Alles bedeutet, wagen wir es, dies zu begreifen, einen *Willen zum Nichts*, einen Widerwillen gegen das Leben, eine Auflehnung gegen die grundsätzlichsten Voraussetzungen des Lebens, aber es ist und bleibt ein *Wille*!… Und, um es noch zum Schluss zu sagen, was ich Anfangs sagte: lieber will noch der Mensch *das Nichts* wollen, als *nicht* wollen…